Katie in Fairyland : The Storm Witch
by Kelly McKain

ねえ、みんなは妖精《ようせい》がいるって

しんじる？

妖精《ようせい》はいたずらずきの精霊《せいれい》でね、

背中《せなか》の小《ちい》さな羽《はね》で、どこへでも、

すきなところへ、とんでいけるんだよ！

妖精《ようせい》をしんじている人《ひと》には、

ちゃんとすがたが見《み》えるんだって。

みんなにも、きっと、見《み》えるよね★

ひみつの妖精《ようせい》ランド

2

ケリー・マケイン 作
田中亜希子 訳
まめゆか 絵

ポプラ社

もくじ

これまでのお話《はなし》&人物紹介《じんぶつしょうかい》

わたしはピュア。
わたしには、ブルーベル、デイジー、
サルビア、スノードロップっていう
妖精《ようせい》の友《とも》だちがいるの。

ある日《ひ》、わたしが近所《きんじょ》のオークの木《き》の下《した》に、
ドールハウスをおきっぱなしにしたのが、
出会《であ》いのきっかけ。
つぎの日《ひ》とりにもどったら、ドール
ハウスに４人《にん》の妖精《ようせい》がいたの！

Pure ピュア

ロンドンからきた女《おんな》の子《こ》。
妖精《ようせい》と友《とも》だちで、夢《ゆめ》みることが
すき。新《あたら》しい家《いえ》にママと、
ペットのフワフワとすんでいる。

Fuwa Fuwa フワフワ

ピュアのペットになった
妖精《ようせい》ネコ。
とびきりフワフワしてて、
ピュアのことがだいすき。

じつはそのオークの木《き》は、
妖精《ようせい》たちがすむフェアリーランドと
人間《にんげん》の世界《せかい》をむすぶ、たいせつな門《もん》だったんだ。

その後《ご》、４人《にん》の妖精《ようせい》と力《ちから》を合《あ》わせて、
オークの木《き》を危機《きき》からすくったわたしは、妖精《ようせい》たちの
女王《じょおう》さまの招待《しょうたい》で、フェアリーランドに行《い》けたの！
でも、夢《ゆめ》のようなひとときを楽《たの》しんでいたら、
女王《じょおう》さまのたいせつな王冠《おうかん》が
ぬすまれるという事件《じけん》が！

サルビア

Salvia

しっかりものの秋《あき》の精《せい》。
自分《じぶん》の意見《いけん》をはっきりいうタイプ。ピアノが得意《とくい》。

ブルーベル

Bluebell

元気《げんき》いっぱいの春《はる》の精《せい》。うれしいのもかなしいのも、すぐ顔《かお》にでちゃう！

スノードロップ

Snowdrop

はずかしがりやの冬《ふゆ》の精《せい》。ふだんはおとなしいけれど、実《じつ》はいちばんの大物《おおもの》？

デイジー

Daisy

心《こころ》やさしい夏《なつ》の精《せい》。いつもみんなを見守《みまも》っている、お姉《ねえ》さん的存在《てきそんざい》。

犯人《はんにん》は……
おそろしい沼《ぬま》モンスターだった。
どろどろで、大《おお》きくて強《つよ》くて、絶体絶命《ぜったいぜつめい》だったんだけど、
わたしがひらめいたアイデアで、
ぶじに王冠《おうかん》をとりもどすことができたの。
女王《じょおう》さまから、永久《えいきゅう》パスポートまでもらえたんだ！
これでまた、
フェアリーランドにあそびに行《い》ける！

また、たのしい冒険《ぼうけん》が始《はじ》まりそう！

第1章

フェアリーランドへ

ピュアは大《おお》いそぎで朝食《ちょうしょく》を食《た》べていました。メニューはトーストと洋《よう》ナシです。

子《こ》ネコのフワフワは、キッチンのお気《き》に入《い》りの窓辺《まどべ》で、ひなたぼっこをしながら、ごきげんで「ミャー」と鳴《な》いています。

ママが声《こえ》をあげました。

「ピュアったら、あわてないの！　ちゃんとかんで食《た》べなさい」

「ママ、ごめんね。でもわたし、友《とも》だちに会《あ》いたくてたまらないの。四人《よにん》の友《とも》だちに。フェアリーランドにも早《はや》く行《い》きたい。学校《がっこう》がはじまるまで、あと三日《みっか》しかないでしょ。

四人《よにん》とできるだけいっしょにすごしたいの」

「そうそう、ママの展覧会《てんらんかい》も、はじまるまであと三日《みっか》しかないの！　ああ、やることがたくさんある。明日《あした》は美術館《びじゅつかん》に絵《え》をかざりはじめないと。それなのに、絵《え》の具《ぐ》がまだかわいていない絵《え》が二《に》まいあるし、しあげが終《お》わっていない絵《え》も一《いち》まいある！」

ピュアはにっこりしました。

「ママはまずは、絵《え》を完成《かんせい》させてね。ママならだいじょうぶ。最高《さいこう》の画家《がか》なんだから。それに、最高《さいこう》のお母《かあ》さん！」

それから、ピュアは立《た》ちあがって、ママをぎゅっとしました。

ママもピュアをぎゅっとして、笑《わら》いながら、からかうようにいいます。

「あらあら、どうしてママをぎゅっとしてくれるわけ？　さては、ほしいものがあるのね」

「ううん、ちがうの。ただ……ありがとうって思《おも》ったの。フェアリーランドに出《で》かけることをゆるしてくれて」

フェアリーランドは、妖精《ようせい》たちがくらす国《くに》です。

そして四人《よにん》の友《とも》だち、ブルーベルとデイジーとサルビアとスノードロップは、とても小《ちい》さな妖精《ようせい》なのです。

ピュアは四人《よにん》と力《ちから》を合《あ》わせて、妖精《ようせい》と人間《にんげん》にとってじゅうようなオークの木《き》を守《まも》りました。そのがんばりが妖精《ようせい》の女王《じょおう》さまにみとめられて、フェアリーランドに招待《しょうたい》されたのです。

ピュアはさらにママにいいました。

「フワフワを飼《か》うことも、ゆるしてくれて、ありがとう」

名前《なまえ》をよばれたと思《おも》った子《こ》ネコのフワフワが、「ミャウ」と返事《へんじ》をしたので、ピュアとママは笑《わら》いました。

「わたしたちのいってることが、きっとわかってるわよね」とママ。

「うん、きっとね」

ピュアは本気《ほんき》でそう思《おも》っています。

ママがテーブルをかたづけているあいだ、ピュアはにこにこしながら、フワフワを見《み》つめました。

フワフワはふつうの子《こ》ネコではありません。ほんとうはとても小《ちい》さな妖精《ようせい》ネコです。今《いま》は魔法《まほう》で、人間《にんげん》の世界《せかい》にいるふつうの子《こ》ネコの大《おお》きさになっています。

毛《け》の色《いろ》も、人間《にんげん》の世界《せかい》にいるふつうのネコとはちがう、黄色《きいろ》です。

ただ、この毛色《けいろ》は、かわった種類《しゅるい》のネコのものとしてギリギリ通用《つうよう》しています。

フワフワは、サルビアが飼《か》っている妖精《ようせい》ネコ、ポピーの子《こ》どもで、きょうだいがあと五《ご》ひきいます。きょうだいの毛色《けいろ》は、むらさき、ピンク、オレンジ、緑《みどり》、青《あお》。さすがに、そんな色《いろ》の子《こ》ネコたちは、人間《にんげん》の世界《せかい》では通用《つうよう》しなかったでしょう。

運《うん》のいいことに、出会《であ》ったとたん、ピュアが大好《だいす》きになったのは、黄色《きいろ》のフワフワでした。

フワフワのほうもピュアのことを、見《み》たとたんにとびついて、むぎゅっとくっついてしまったくらい、大好《だいす》きになりました。

さて、妖精《ようせい》ネコのもうひとつのとくちょうは、なんと、羽《はね》があって、とべるのです。おまけに、体《からだ》がとてもはやく成長《せいちょう》します。フワフワは数日《すうじつ》で、出会《であ》ったときの何倍《なんばい》にも大《おお》きくなりました。

もう、キャスターつきの大《おお》きなゴミばこにとびのったり、庭《にわ》のフェ

ンスの上《うえ》にじょうずにのったりできますし、カーテンをすばやくかけのぼることもできます。

ママは「やめて！」とさけびますけれど。

ママがピュアにいいました。

「ピュアにあんなにすてきな友《とも》だちが四人《よにん》もできて、とてもうれしいの。前《まえ》は、妖精《ようせい》をしんじなかったママには、すがたが見《み》えなかったけれど、今《いま》は四人《よにん》が見《み》えて、ママもなかよくなれたでしょ。だからよけいにうれしい。まあ、今日《きょう》の午前中《ごぜんちゅう》は……ほんとうはピュアとすごしたかったのよ。でも……」

「うん、だいじょうぶ。ママとわたし、それぞれ好《す》きにしようよ。ママは絵《え》のしあげをして、わたしはフェアリーランドで楽《たの》しくすごすの。昼食《ちゅうしょく》までにはもどってくるね」

「そうしましょ。でも、今回《こんかい》は、フェアリーランドではしずかに安《あん》全《ぜん》に楽《たの》しんでね」

ピュアは笑顔《えがお》でうなずきました。

ママにそういわれるのも、とうぜんでした。はじめてフェアリーランドをおとずれたときには、三十分《さんじゅっぷん》もしないうちに、妖精《ようせい》の女王《じょおう》さまにたのまれて、ドキドキハラハラの冒険《ぼうけん》にいどんだのです。

「ママ、しんぱいしないで。今回《こんかい》は、フワフワをお母《かあ》さんネコやきょうだいたちに会《あ》わせてあげるだけだから、大《おお》きな冒険《ぼうけん》は、なし。しずかにのんびりすごすつもり。フワフワはきっと、小《ちい》さな羽《はね》を思《おも》いきり広《ひろ》げて、フェアリーランドをとびまわるんじゃないかな」

「そうね。ここでは羽《はね》を魔法《まほう》で消《け》せて、よかったわ。でなかったら、近所《きんじょ》でうわさのまとになっていた。黄色《きいろ》いネコが通《とお》りをとんでいるぞって！」

ピュアは想像《そうぞう》して、思《おも》わず笑《わら》ってしまいました。それから歯《は》をみがくと、すぐにサンダルをはいて、ママに「いってきます」のハグをしました。

「ママ、絵《え》のしあげ、がんばってね。いってきます！」

「ありがとう。いってらっしゃい！　それと、わすれないで。しずかに安全《あんぜん》に、楽《たの》しくね！」

ママとピュアは、新《あたら》しい小《ちい》さな住宅地《じゅうたくち》に住《す》んでいました。都会《とかい》から少《すこ》しはなれた場所《ばしょ》に、収入《しゅうにゅう》が少《すく》ない家庭《かてい》のためにつくられた住宅《じゅうたく》地《ち》です。

家《いえ》の裏庭《うらにわ》のはずれには、横《よこ》に針金《はりがね》を一本《いっぽん》わたしただけのフェンスがあります。針金《はりがね》にはツタがからまっていて、そのフェンスをくぐると、そこからは野原《のはら》が広《ひろ》がっています。

夏《なつ》のおわりの野原《のはら》は、草《くさ》がかれてだいぶ茶色《ちゃいろ》くなっていました。

それでも、背《せ》が高《たか》くて長《なが》い葉《は》っぱが、しげっています。

ピュアと四人《よにん》の妖精《ようせい》たちがすくったオークの木《き》は、この野原《のはら》のまんなかに立《た》っています。

ピュアは野原《のはら》をつっきっていきました。とちゅう、横《よこ》を歩《ある》いていたフワフワが、アザミに毛《け》をひっかけて動《うご》けなくなりました。ピュアはさっとフワフワをもちあげました。フワフワをだきしめていると、ピュアはうれしくてたまらなくなります。

わたし、ペットを飼《か》うのがずっと夢《ゆめ》だった。

それがかなって、今《いま》はフワフワがいる。

こんなにかわいい妖精《ようせい》ネコが、わたしのペットだなんて！

ふいに、フワフワがきゅっと体《からだ》をこわばらせ、耳《みみ》を立《た》てました。

それから「ミャーオウ」と声《こえ》をあげると、体《からだ》をくねらせ、ピュアのうでをのがれて、ぱっと走《はし》りだしたのです。

ピュアは、びっくりしてさけびました。

「フワフワ、もどってきて！　どこへ行《い》くの？」

ピュアも、おいかけようと、野《の》原《はら》をかけだしました。

フワフワが、しげみにとびこみます。

とたんに、だれかのどなり声《ごえ》がしました。

「ちょっと！　何《なに》すんのよ！」

それから、しげみのなかでガサガサ音《おと》がしたあと、だれかがはいでてきました。

ティファニー・タウナーです。

ピュアは、おどろいたなんてものではありません（けっして、うれしいおどろきではありません）。

フワフワもすぐにしげみからとびだしてきて、ピュアのうでのなかにもどりました。

「フワフワ、いい子《こ》ね！」

ピュアはぎゅっとだきしめました。

ティファニーは、夏休《なつやす》みに入《はい》る前《まえ》、ピュアを学校《がっこう》でいじめつづけた、とてもいじわるな子《こ》です。

ピュアはティファニーをずっとこわがっていましたが、今《いま》はただ、ティファニーにたいして、おこっているだけです。

「ここで何《なに》をしているの？」

ピュアはたずねましたが、ほんとうはわかっていました。

ティファニーはピュアのようすをさぐっていたのです。
そのしょうこに、首《くび》から双眼鏡《そうがんきょう》をさげていますし、まわりの自然《しぜん》にとけこむよう、あせばんだ顔《かお》を緑《みどり》や茶色《ちゃいろ》や黒《くろ》にぬっています。
むねにしっかりかかえている本《ほん》の表紙《ひょうし》には『妖精《ようせい》について知《し》りたい人《ひと》が読《よ》む本《ほん》』と書《か》いてあります。

ピュアは本《ほん》を見《み》て、ぎくっとしました。

ああ、むかむかしてきそう……。

ピュアがそう感《かん》じるのも、むりはありません。オークの木《き》をすくったとき、四人《よにん》の妖精《ようせい》たちはティファニーに存在《そんざい》を知《し》られてしまいました。それからというもの、ティファニーは、妖精《ようせい》たちをつかまえようとしているのです。

地面《じめん》をはっていたティファニーは、さっと立《た》ちあがると、ピュアのほうへ近《ちか》づいてきました。妖精《ようせい》がいないかと、ピュアのまわりの空中《くうちゅう》をじろじろ見《み》たあと、ピュアのポケットがふくらんでいないかもチェックしています。

妖精《ようせい》は、その存在《そんざい》をしんじている人《ひと》にしか見《み》えません。ざんねんながら、ティファニーはしんじていないために、妖精《ようせい》のすがたが見《み》えるのでした。

ピュアはかっとなりました。

「妖精《ようせい》たちは、ここにはいないんだから。ティファニーの手《て》のとどかない、フェアリーランドにぶじにもどったの！」

そういったとたん、ピュアは自分《じぶん》がしゃべりすぎてしまったことに気《き》づきました。ティファニーが四人《よにん》について知《し》らないことが多《おお》ければ多《おお》いほど、四人《よにん》は安全《あんぜん》なのです。

ティファニーの小《ちい》さな目《め》がぎらりと光《ひか》りました。

「へえ、フェアリーランドっていうところがあるの？　おもしろそう。あんたは行《い》ったことがあるわけ？」

「もちろん、あるわけない。わたしの体《からだ》は妖精《ようせい》の世界《せかい》には大《おお》きすぎて、入《はい》れないんだから」

ピュアはいそいで考《かんが》えて、そういいました。ただし、ティファニーがしんじてくれたかどうかは、わかりません。

ティファニーはフワフワをじろりと見《み》ました。ピュアのうでのなかのフワフワが、おびえてちぢこまります。

ピュアはだきしめてあげました。

わたしがフワフワをいつでも守《まも》ってみせる。どんなにきけんなときでも！

ティファニーが、かみつくように、いいました。

「ちょっとそのネコ！　あたしが前《まえ》に見《み》たときは、ものすごく小《ちい》さくて、図書館《としょかん》でとびまわってたでしょ」

ピュアはだまっていることにしました。それがいちばんよさそうです。けれども、胸《むね》はドキドキしますし、頭《あたま》のなかは考《かんが》えがぐるぐるまわっています。

なんとかして、ティファニーからにげないと。それも大《おお》いそぎで！

ピュアは、すぐにもフェアリーランドに行《い》きたい気持《きも》ちでいっぱいでしたが、ティファニーがまだこのあたりにいるのに、フェアリーランドへの門《もん》でもあるオークの木《き》の近《ちか》くに行《い》くのは、やめたほうがよさそうです。

妖精《ようせい》たちをきけんにさらすことになりますから！

前《まえ》に図書館《としょかん》で、ティファニーは、妖精《ようせい》たちをつかまえておりに入《い》れ、見世物《みせもの》にするんだといっていました。そうやってお金《かね》をかせぐつもりなのです。

そのことを想像《そうぞう》しただけで、ピュアはぞっとしました。四人《よにん》の友《とも》だちのことが、しんぱいでたまりません。

ピュアは心《こころ》から思《おも》いました。

体《からだ》が小《ちい》さくなる方法《ほうほう》も、フェアリーランドへ行《い》く方法《ほうほう》も、ぜったいに、ぜったいに、ティファニーに知《し》られないようにしなくちゃ！

となると、今日《きょう》はとにかく、フェアリーランドへ行《い》くことはできません。ブルーベルたちに会《あ》うことも、ほかの妖精《ようせい》ネコたちに会《あ》うことも、ドラゴンやユニコーンを見《み》ることも、妖精《ようせい》の学校《がっこう》に行《い》くことも、いろんなことがむりなのです。

ピュアはがっかりしました。

でも……ティファニーが近《ちか》くにいるのに、きけんはおかせない。うちに帰《かえ》ろう。ママが絵《え》のしあげをしているあいだ、映画《えいが》でも見《み》ていよう……。

あーあ、今日《きょう》の冒険《ぼうけん》は、はじまる前《まえ》におわっちゃった。

ピュアはしょんぼりしてしまいました。

ところがそのとき、どこからともなく、きらきらかがやく紙《かみ》が、ティファニーの顔《かお》の前《まえ》にぱっとあらわれました。

ティファニーが目《め》をぱちくりさせて、つかもうとします。けれども、紙《かみ》はよけるかのようにさっとひるがえって、とどきません。

ティファニーは空中《くうちゅう》にあるその紙《かみ》を読《よ》みあげました。

「ティファニー・タウナーさま。わたしたちは妖精《ようせい》です。あなたのように、すばらしくかんぺきな人《ひと》に、スペシャルなアイスクリームをさしあげたいと思《おも》います……」

食《く》いしんぼうのティファニーの目《め》が、ぱっとかがやきます。

「やったあ!」

シャラランｊ　という音《おと》とともに、そばのカバの木《き》のうしろから、アイスクリームがあらわれました。アイスクリームはふわふわと宙《ちゅう》をういて、ティファニーの顔《かお》の前《まえ》までやってきました。

それは、虹色《にじいろ》のカラフルなアイスクリームの三段《さんだん》がさねに、ストロベリーソースと、カラフルなチョコスプレーと、パチパチはじけるキャンディがかかっていて、さらにチョコフレークバーとウエハースが一本《いっぽん》ずつささっています。

ピュアは、笑《わら》いたいような泣《な》きたいような気分《きぶん》になりました。

ああ、これって、ぜったい、いたずらなブルーベルたちのしわざ。

つまり、四人《よにん》は近《ちか》くにいるってこと。

みんな、おねがいだから、ティファニーにすがたを見《み》られないように、気《き》をつけて……！

ティファニーはごうかなアイスクリームにうっとりして、つかもうと手《て》をのばしました。ところが、アイスクリームがさっとよけて、つかむことができません。

まもなく、ティファニーはアイスクリームをおいかけだしました。道路《どうろ》につづく細《ほそ》い小道《こみち》をすすんで、野原《のはら》をでていきます。

ピュアが見《み》ていると、ティファニーはアイスクリームをとろうと、長《なが》い葉《は》っぱやとげとげのアザミのあいだを、つんのめったりよろけたりしながらすすんでいきます。アイスクリームをつかもうとするたびに、アイスクリームがさっとよけて手《て》がとどきません。

「これで、ちょっとのあいだ、ティファニーからはなれられるよ」

小《ちい》さな声《こえ》がピュアの右耳《みぎみみ》に聞《き》こえてきました。

ふりむくと、四人《よにん》の妖精《ようせい》たちがとんで空中《くうちゅう》にうかんでいるのが見《み》えました。日《ひ》ざしに羽《はね》がきらめいています。

いたずら好《ず》きで元気《げんき》いっぱいのふたり、春《はる》の妖精《ようせい》ブルーベルと秋《あき》の妖精《ようせい》サルビアが、なんともうれしそうな顔《かお》をしていました。夏《なつ》の妖精《ようせい》デイジーと冬《ふゆ》の妖精《ようせい》スノードロップが、ピュアの左右《さゆう》の肩《かた》にそれぞれおりたちます。

四人《よにん》を見《み》たフワフワが、よろこんで「ミャーウ」と鳴《な》きました。

「わたしたち、ブルーベルとサルビアには、ティファニーにちょっかいを出《だ》さないでっていったのに」

デイジーがいいました。羽《はね》がピュアの首《くび》をくすぐります。

サルビアが笑顔《えがお》できっぱりいいました。

「でも、あたしたちの魔法《まほう》のアイスクリームは、うまくいったんじゃない？　ほら、今《いま》のうちに行《い》きましょ。あまり時間《じかん》がないし……」

ティファニーは魔法《まほう》のアイスクリームをおって小道《こみち》をどんどん行《い》

き、ついには見《み》えなくなりました。そこで、ピュアは野原《のはら》をすすんで、オークの木《き》にむかいました。

オークの木《き》の下《した》には、妖精《ようせい》ハウスがあります。

オークの木《き》をすくった今《いま》はもう、四人《よにん》はフェアリーランドにもどってくらしています。ただ、ときどき妖精《ようせい》ハウスにもあそびにきていました。

ピュアは、フワフワをだいたまま、しゃがんで、妖精《ようせい》ハウスのドアの小《ち》さなドアノブに小指《こゆび》をかけました。ドアノブにはあらかじめ、魔法《まほう》の粉《こな》〈フェアリーパウダー〉がふりかけてあります。

ピュアは小《ち》さな声《こえ》で、魔法《まほう》のことばをとなえました。

「妖精《ようせい》をしんじます……妖精《ようせい》をしんじます……妖精《ようせい》をしんじます」

とたんに、頭《あたま》のてっぺんがチリチリしました。

つづいて、ボン！　という音《おと》。

まわりにあるものが、なにもかも、どんどん大《おお》きくなっていきます。

でもほんとうはもちろん、ピュアの体《からだ》が小《ちい》さくなっているのです。うでの中《なか》のフワフワも、同《おな》じように小《ちい》さくなっています。

フワフワといっしょに妖精《ようせい》サイズになったピュアは、思《おも》わずつぶやきました。

「ふう！　何度《なんど》やっても、魔法《まほう》で体《からだ》の大《おお》きさがかわるこの感《かん》じには、なれそうにないなあ」

それから、スノードロップからもらっていたフェアリーパウダーをひとつまみ、フワフワの背中《せなか》にふりかけると、魔法《まほう》で消《け》していた羽《はね》がまたぴょこんとあらわれました。

ピュアはフワフワと、妖精《ようせい》ハウスに入《はい》りました。さっそく、ろうかの戸棚《とだな》にしまっていた、きらきらかがやく妖精《ようせい》の羽《はね》をとりだして、背中《せなか》につけます。

羽《はね》は、妖精《ようせい》の女王《じょおう》さまからもらったものです。

ピュアはフェアリーランドにいつでも入《はい》れる永久《えいきゅう》パスポートももらっています。そのだいじな巻物《まきもの》も戸棚《とだな》からだすと、羽《はね》をぱたぱた動《うご》かしてみました。うれしくて、思《おも》わず笑《わら》い声《ごえ》がもれてしまいます。

ピュアは、ほかの四人《よにん》といっしょにいそいで玄関《げんかん》ドアからとびたちました。もちろん、フワフワもいっしょです。

ちょうどそのとき、遠《とお》くから、ティファニーの声《こえ》がひびいてきました。

「うわっ！　オエ――――！」

ブルーベルとサルビアが、いたずらっぽくクスクス笑《わら》いあいます。

サルビアがいいました。

「そうそう、あたしたち、いうのをわすれてたわ。あのアイスクリーム、見《み》た目《め》はおいしそうでしょ――」

ブルーベルがつづきをひきとります。

「――でも、じつは、ナメクジと、くさい足《あし》と、くさった魚《さかな》のあじがするの！　イエーイ、ハイタッチ！」

ブルーベルとサルビアが、大《おお》よろこびでハイタッチをします。

ふつう、妖精《ようせい》はこういうしぐさはしないのですが、ブルーベルは、ピュアと見《み》ていたテレビ番組《ばんぐみ》でハイタッチを知《し》って、すっかり気《き》に入《い》ったのでした。

「もう、ブルーベルもサルビアも！」

ピュアはやれやれと首《くび》をふりましたが、つい笑《わら》ってしまいます。というのも、ピュアはティファニーにさんざんいじわるなことをされましたが、それでも心《こころ》を入《い》れかえるチャンスをあげました。なのに、ティファニーはあまり反省《はんせい》していませんし、ピュアや妖精《ようせい》たちにたいするひどい態度《たいど》を、まったくかえていないのです。

ナメクジと、くさい足《あし》と、くさった魚《さかな》のあじのアイスクリーム。ティファニーには、いい薬《くすり》かも！

五人《ごにん》はオークの木《き》の前《まえ》におりたちました。

そのとき、きらめく風《かぜ》がうずをまいてふきあれ、オークの木《き》の上《うえ》のほうの枝《えだ》をはげしくゆらしはじめました。

〈きらめく魔法《まほう》の風《かぜ》〉です！　オークの木《き》、つまりひみつの門《もん》からフェアリーランドに行《い》くには、この風《かぜ》にのっていきます。

ピュアは、はっとして、一気《いっき》に胸《むね》のドキドキがはやまりました。

五人《ごにん》で手《て》をぎゅっとつなぎます。

サルビアが元気《げんき》よくいいました。

「しっかりにぎって！」

〈きらめく魔法《まほう》の風《かぜ》〉が、あらしのようにふきあれます。ピュアたち五人《ごにん》の足《あし》は地面《じめん》からはなれ、それからはあっというまに、〈きらめく魔法《まほう》の風《かぜ》〉のなかにいました。

うずまく風《かぜ》のなか、みんなはキャーキャーさけびながら、ぶつかったりころがったりして、もうたいへん！

そして気《き》がつくと、ピュア、ブルーベル、サルビア、デイジー、スノードロップの五人《ごにん》とフワフワは、フェアリーランドにいました。

しかも、またしても、そこは妖精《ようせい》の女王《じょおう》さまの大《おお》きなダイニングテーブルのまんなか。

スノードロップは、焼《や》いたポテトのトレーの上《うえ》でつるんとすべってころびそうになり、デイジーは野菜《やさい》のテリーヌに頭《あたま》からつっこんでしまいました。

サルビアはグレービーソースをびしゃっととばし、ブルーベルはとんできたグレービーソースをよけようと、ピュアをつかみ、いきおいあまってふたりで床《ゆか》にダイビング。

この大《おお》さわぎのなかで、フワフワだけは落《お》ちついたもので、サーモンのムースをぱくぱく食《た》べて、うれしそうに「ミャーウ」と鳴《な》きました。

妖精《ようせい》の女王《じょおう》さまが、左耳《ひだりみみ》にひっかかったニンジンスティックをとりながら、ぴしゃりといいました。

「このような到着《とうちゃく》のしかたはやめてほしいものですね！　それからわたくしのムースから、そのネコをどかしなさい！」

ピュアはあわてて立《た》ちあがると、フワフワをテーブルからおろしました。フワフワは、かなり不満《ふまん》そうでしたけれど。

それから、ピュアと四人《よにん》の妖精《ようせい》たちは一列《いちれつ》にならんで、ひざをおって深々《ふかぶか》とおじぎをしました。

「女王《じょおう》さま、おはようございます」

みんなで声《こえ》をそろえて、あいさつします。

時計《とけい》は、午前《ごぜん》の九時《くじ》をすぎたところでしたが、妖精《ようせい》の女王《じょおう》さまは女王《じょおう》なので、ときどき夜《よる》に朝食《ちょうしょく》を食《た》べたり、朝《あさ》に昼食《ちゅうしょく》を食《た》べたり、真夜中《まよなか》にピクニックをしたりします。

なんといっても、フェアリーランドをおさめる女王《じょおう》ですから、好《す》きなときに好《す》きなことをできるのです。

「とはいえ、あなたたちに会《あ》えて、ちょうどよかった。これから、あのおそろしい沼《ぬま》モンスターのもとへ行《い》くところでした。あの者《もの》に、フェアリーランドでは、だれがえらくて、何《なに》がだいじなのか、しっかりわからせねばなりません。そのあと、フェアリーランドから永《えい》遠《えん》に追放《ついほう》します。あなたたち五人《ごにん》は先日《せんじつ》、王冠《おうかん》を見《み》つけて、ごたごたを丸《まる》くおさめてくれました。よって、いっしょについてきなさい」

女王《じょおう》さまの言葉《ことば》に、ピュアはおなかのなかがずしりと重《おも》くなった気《き》がしました。思《おも》わず、友《とも》だち四人《よにん》を不安《ふあん》そうな目《め》で見《み》つめます。

ママに、フェアリーランドではしずかに安全《あんぜん》に楽《たの》しむってやくそくしたのに。

巨大《きょだい》なおそろしい沼《ぬま》モンスターのそばにまた行《い》くなんて、しずかでも安全《あんぜん》でもなさそう。

スノードロップがおずおずといいました。

「わたしたち、うれしいのですが……ただ……」

ところが女王《じょおう》さまは、さっさと部屋《へや》を出《で》ようと歩《ある》きだしました。

警備犬《けいびけん》のパグたちが、ほえながら、あとをついていきます。

女王《じょおう》さまは、ふりかえりもせずにいいました。

「そんなところにぽかんとつったっているんじゃありません。ほら早《はや》く！　やることがあるんですよ！　沼《ぬま》モンスターを消《け》すんです！」

ピュアたちは、いっそう不安《ふあん》になって顔《かお》を見合《みあ》わせましたが、いそいで女王《じょおう》さまのあとにつづきました。

第2章

ふたたび沼《ぬま》モンスター！

「きっと、おおごとにはならないと思《おも》うよ」

デイジーがいいました。

五人《ごにん》は、妖精《ようせい》の女王《じょおう》さまについて、宮殿《きゅうでん》の中庭《なかにわ》をつっきっているところです。こったかざりの噴水《ふんすい》の横《よこ》を通《とお》りすぎます。噴水《ふんすい》に流《なが》れているのは、水《みず》ではなく、食《た》べられる花《はな》からつくった〈マジカルフラワーソーダ〉。飲《の》むと楽《たの》しい夢《ゆめ》を見《み》られます。

スノードロップがいいました。

「やっぱり、女王《じょおう》さまに命《めい》じられたのに行《い》かないなんて、むりですよね？」

みんなは、女王《じょおう》さまのごうかな馬車《ばしゃ》の前《まえ》

にたどりつきました。馬車《ばしゃ》には、銀色《ぎんいろ》にきらめくつばさのある二頭《にとう》の白《しろ》い馬《うま》が、馬具《ばぐ》でつながれています。

ピュアは、すぐそばの白馬《はくば》の鼻《はな》づらを、ぽんぽんとやさしくたたきました。そのやわらかさに、ふっと心《こころ》がなごみます。

みんなは女王《じょおう》さまのうしろの席《せき》にのりこみました。ピュアがふかふかしたむらさき色《いろ》のベルベットの座席《ざせき》にすわると、フワフワがぴょんと、ピュアのひざの上《うえ》にとびのりました。

女王《じょおう》さまが、つばさをもつ馬《うま》たちに声《こえ》をかけました。

「〈かがやきの湖《みずうみ》〉まで、フルスピードで!」

二頭《にとう》の馬《うま》がさっとかけ足《あし》をはじめ、数歩進《すうほすす》んだあとは、どんどん空《そら》へとのぼっていきました。とうぜん、馬《うま》にひかれる馬車《ばしゃ》も宙《ちゅう》をすすんでいきます。

ピュアは息《いき》をのみました。フェアリーランドって、何《なに》もかもが、魔法《まほう》がかってるなあ。

二十分後《にじゅっぷんご》、馬車《ばしゃ》は〈かがやきの湖《みずうみ》〉の岸辺《きしべ》に着地《ちゃくち》しました。ざんねんなことに、今《いま》では、湖《みずうみ》は名前《なまえ》とはちがって、かがやいていません。どろどろした緑色《みどりいろ》の巨大《きょだい》な沼《ぬま》になってしまっています。

「オエッ!」

サルビアとブルーベルが鼻《はな》

をつまんで声《こえ》をあげました。

ピュアはゴホゴホせきこんで、あわてて鼻《はな》から息《いき》をしないようにしました。

沼《ぬま》からは、なんともひどいにおいがただよっていたからです。

そして、沼《ぬま》のまんなかには、夏《なつ》の海《うみ》でちょっとした水遊《みずあそ》びをしているかのように水《みず》しぶきをあげている、だれかがいます。

沼《ぬま》モンスターです！

女王《じょおう》さまは、もってきた巻物《まきもの》を広《ひろ》げると、岸辺《きしべ》から、沼《ぬま》モンスターに追放《ついほう》の刑《けい》をいいわたしました。

「……よって、フェアリーランドから追放《ついほう》し、二度《にど》と、永久《えいきゅう》に、もどらないことを命《めい》ずる」

ところが、沼《ぬま》モンスターは女王《じょおう》さまをむしして、水遊《みずあそ》びをやめません。

今《いま》すぐ、さっさとフェアリーランドからさりなさい、と女王《じょおう》さまが命《めい》じたのに、バシャバシャ水《みず》しぶきをあげているのです。

さらには、鼻歌《はなうた》を歌《うた》ったり、つめをかんだりしはじめました。

女王《じょおう》さまは、警備犬《けいびけん》のパグたちに「沼《ぬま》モンスターをつかまえてきなさい！」と命《めい》じました。

ところが、沼《ぬま》に入《はい》ろうとするパグは、一《いっ》ぴきもいません。どろどろの水《みず》にさわるかさわらないかのところまで行《い》くと、キャンキャンおびえて馬車《ばしゃ》のなかにかけもどってしまいました。

すぐにフワフワも、パグのあとをおって、馬車《ばしゃ》にとびこみます。

そこでとうとう、女王《じょおう》さまが自分《じぶん》で、沼《ぬま》モンスターのもとへとんでいきました。

そしてなんと、空中《くうちゅう》から沼《ぬま》モンスターにキックやチョップをあびせはじめたではありませんか。ものすごいいきおいで、格闘技《かくとうぎ》のわざをしかけつづけます。

女王《じょおう》さまは、じつは総合格闘技《そうごうかくとうぎ》で黒帯《くろおび》をもつ達人《たつじん》なのです。

ところが、沼《ぬま》モンスターは、うるさいハエだなあ、といわんばかりに女王《じょおう》さまを見《み》ました。それから、女王《じょおう》さまをおいはらおうと、べとべとの巨大《きょだい》な手《て》をひとふり！

ぞっとしたピュアたちが「キャーッ！」と声《こえ》をあげます。

はじきとばされた女王《じょおう》さまは、ピュアたちのそばにドサリと落《お》ちてしまいました。

ブルーベルがいそいで女王《じょおう》さまをおこし、サルビアがずりおちた王冠《おうかん》を女王《じょおう》さまの頭《あたま》にきちんとまたのせました。

「わたしたち、とにかく――」

ピュアは、さいごまでいえませんでした。

沼《ぬま》モンスターが立《た》ちあがったからです。見《み》あげるような大《おお》きさで、体《からだ》からくさいどろどろの水《みず》がボトボトしたたっています。

ピュアたちはおそろしさのあまり、また悲鳴《ひめい》をあげました。女王《じょおう》さままで声《こえ》をあげています。

沼《ぬま》モンスターが、どなるようにいいました。

「おまえたちのことなど、むししていたのに、たったいま、おれをうんざりさせて、気持《きも》ちのいい午後《ごご》をだいなしにしたな。今《いま》から、この沼《ぬま》はおれの王国《おうこく》とする。そこのおばさん、あんたがそのちゃちな王冠《おうかん》をかぶっていようがいまいが、関係《かんけい》ないね！」

この言葉《ことば》に、女王《じょおう》さまは息《いき》が止《と》まりそうになりましたが、すぐに

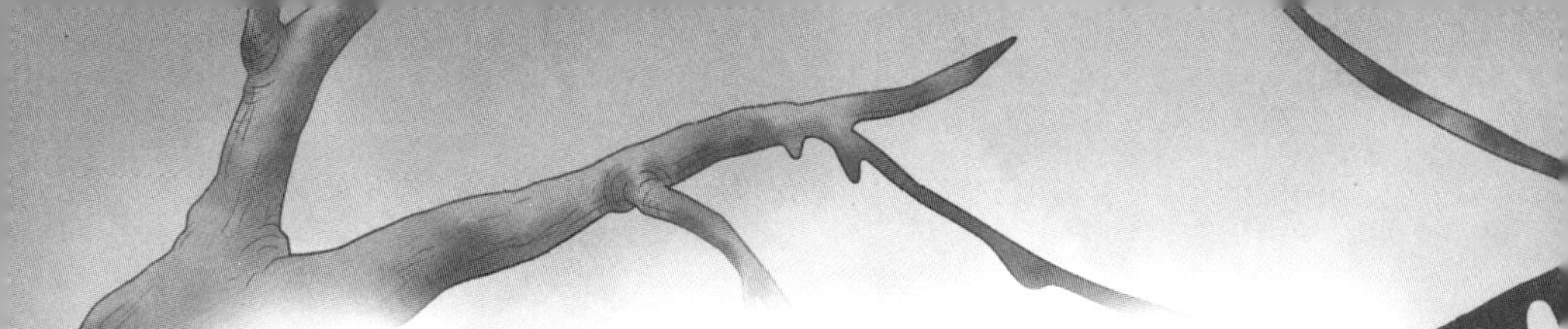

はげしくいいかえしました。

「王冠《おうかん》をかぶる者《もの》こそ、王国《おうこく》を治《おさ》める者《もの》！　そして、王国《おうこく》から追放《ついほう》したい者《もの》を追放《ついほう》できる力《ちから》をもつ者《もの》です！　そんなことはだれでも知《し》っている。だれも疑問《ぎもん》すらもたないことなのですよ！」

「今《いま》まではな。まあ、もうすぐフェアリーランドは、このすばらしい、くさい、べとべとの沼《ぬま》でおおわれるのだ」

みんながおどろいて、顔《かお》を見《み》あわせます。

ピュアは思《おも》わず、いいました。

「フェアリーランドじゅうに沼《ぬま》ができちゃったらどうしよう」

「あたしたちのきれいな家《いえ》が、沼《ぬま》の底《そこ》にしずんじゃう！」とサルビア。

「わたしたちのすてきな学校《がっこう》も」とデイジー。

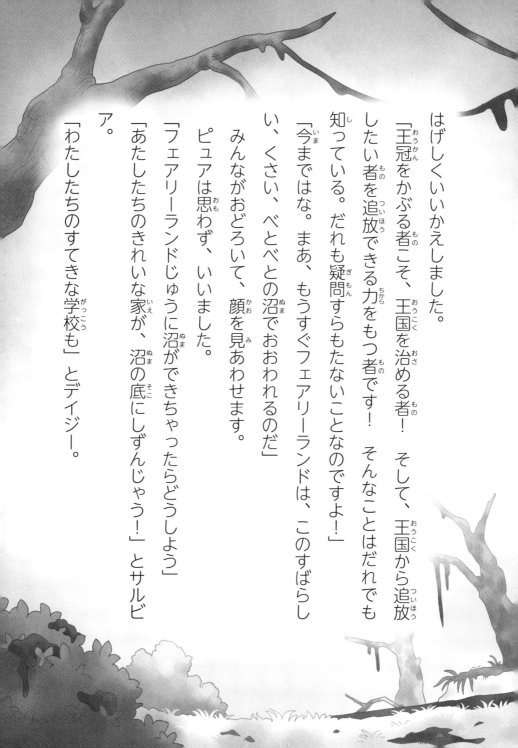

「わたしたちの魔法《まほう》にみちたフェアリーランドが……めちゃくちゃです」

スノードロップが泣《な》きそうな声《こえ》でいいます。

ブルーベルがおこって、足《あし》をドン！　とふみならしました。

「そしたら、うちらはどこに住《す》めばいいわけ？　それって、フェアリーランドがなくなるってことでしょ――永遠《えいえん》に！」

けれども、女王《じょおう》さまがきっぱりいいました。

「いいえ、そんなことには、ぜったいにさせません。このくさい悪《わる》者《もの》をフェアリーランドからおいはらうまでです。この者《もの》がそれをいやがってもね！」

すると、沼《ぬま》モンスターがはきすてるようにいいました。

「いやだね！　ここを去《さ》るものか。ああ、もう、どっかに行《い》けよ。

おれはいそがしいんだ。つめをかまなきゃいけないいし、沼《ぬま》を増《ふ》やさないといけないいんだから」

ブルーベルが大《おお》きな声《こえ》でいいました。

「女王《じょおう》さま、今《いま》こそ、このモンスターに妖精《ようせい》の魔法《まほう》をかけて！　だれがこの国《くに》でいちばんえらいのか、思《おも》いしらせてください！」

女王《じょおう》さまが、みんなをきりっとした顔《かお》で見《み》つめました。

「みんな、手《て》をつないで。力《ちから》を強《つよ》めるのです」

それから、首《くび》からさげているガラスびんを手《て》にとります。そこにはフェアリーパウダーが入《はい》っているのです。

「このモンスターがカエルになっても、そんな口《くち》をたたいていられるか、見《み》てみましょう」

みんなはフェアリーパウダーのびんに気持《きも》ちを集中《しゅうちゅう》して、念《ねん》じました。

沼《ぬま》モンスターよ、カエルになれ。カエルになれ……！

みんなの魔《ま》法《ほう》のパワーが、宙《ちゅう》をうずまきながら集《あつ》まってくるのがわかります。

そのパワーはフェアリーパウダーにそそぎこまれ、ついにはびんがぶるぶるっとふるえました。

女王《じょおう》さまがふたたび沼《ぬま》へとびたって、沼《ぬま》モンスターの頭《あたま》にフェアリーパウダーをすっかりふりかけます。

みんなは息《いき》をのんでまちました。

これからすごい変身《へんしん》が起《お》こるのです。

ところが……沼《ぬま》モンスターは、少《すこ》しもかわりません。

何《なに》も起《お》こりません。

変化《へんか》といったら、女王《じょおう》さまがまた、巨大《きょだい》な手《て》でぴしゃりとはらわれたことだけ。

ふっとばされた女王《じょおう》さまは、ピュアたちの前《まえ》にドサリと落《お》ちました。

そして、こんどはあまり、いえ、まったく自信《じしん》がなさそうに、いいました。

「さっきのは、わたくしたちがつかえるもっとも強力《きょうりょく》な妖精《ようせい》の魔法《まほう》だったのに、ちっともききませんでした。ということは、方法《ほうほう》はただひとつ。この沼《ぬま》の水《みず》をなくして、めいわくな沼《ぬま》モンスターを追放《ついほう》する、強力《きょうりょく》な魔法《まほう》の薬《くすり》を手《て》に入《い》れることです。わたくしたちにひつようなもの、それは……魔女《まじょ》の魔法《まほう》です！」

とたんに、ブルーベルたち妖精四人《ようせいよにん》が、まっ青《さお》になってふるえだしました。

「でも……」

「わたしたち……」

「まさか……」

「それは……」

さっさと馬車《ばしゃ》にもどっていく女王《じょおう》さまを、みんなはおいかけはじめました。その顔《かお》は、すっかりおびえています。

ピュアはききました。

「どういうこと？」

馬車《ばしゃ》にのりこむと、フワフワがまたピュアのひざの上《うえ》で丸《まる》くなりました。ひづめの音《おと》が鳴《な》りひびき、馬車《ばしゃ》が宙《ちゅう》へとびたちます。

答《こた》えたのは、女王《じょおう》さまでした。

「どういうことかというと……あなたたちはこれから旅《たび》に出《で》て、嵐《あらし》の魔女《まじょ》のもとへ行《い》かねばなりません。沼《ぬま》モンスターを追放《ついほう》するための魔法《まほう》の薬《くすり》のレシピを教《おし》えてもらいなさい。作《つく》り方《かた》と材料《ざいりょう》です。そして薬《くすり》を手《て》に入《い》れるのです。旅《たび》には、ドラゴンエクスプレス号《ごう》に乗《の》るひつようがありますし、ひと晩《ばん》、キャンプもしないといけません。一日《いちにち》では行《い》けない、遠《とお》い場所《ばしょ》ですからね」

「嵐《あらし》の魔女《まじょ》ってだれ？」

ピュアはスノードロップにこそっとたずねました。スノードロップはとなりで、ぶるぶるふるえています。

「フェアリーランドのはずれに住《す》む、おそろしい魔女《まじょ》です。嵐《あらし》の魔女《まじょ》のことは、いろいろ知《し》っています。妖精《ようせい》が大《だい》きらいで、ちかづいたら、カーテンにされてしまいます。ドラゴンをベッドカバーにかえたり、ユニコーンをふんわりタオルにかえたり、ネコをバスマットにかえたりするんです！」

おびえたフワフワが「ミャ〜〜」と鳴《な》きました。

やっぱりフワフワって言葉《ことば》がわかるんだ、とピュアは思《おも》いました。

そのとき、スノードロップのとなりからサルビアが体《からだ》をのばして、ピュアの耳元《みみもと》でささやきました。

「女王《じょおう》さまだって、嵐《あらし》の魔女《まじょ》はこわくて追放《ついほう》できないくらいなの。それで、嵐《あらし》の山《やま》にそのまま住《す》まわせているってわけ」

「聞《き》こえていますよ」と女王《じょおう》さま。

「たしかに、わたくしは嵐《あらし》の魔女《まじょ》をフェアリーランドから追放《ついほう》せず、嵐《あらし》の山《やま》に住《す》むことをゆるしています。ですが、それは、嵐《あらし》の魔女《まじょ》がたまにわたくしたちの味方《みかた》として役《やく》に立《た》つからです。それに、わたくしに魔法《まほう》の薬《くすり》や呪文《じゅもん》を教《おし》えてくれますしね。魔女《まじょ》の魔法《まほう》は、妖精《ようせい》の魔法《まほう》よりずっと強力《きょうりょく》で、ずっときけんなものなのです」

それから女王《じょおう》さまはピュアをじっと見《み》つめました。

「もちろん、あなたも旅《たび》に出《で》るのですよ。フェアリーランドにいるからには、ちゃんと手助《てだす》けをして役《やく》に立《た》ってもらわねば。すてきな休日《きゅうじつ》をすごすだけでは終《お》わりません」

ピュアの心臓《しんぞう》は、とびだしそうになりました。

「でも、むりです！　フェアリーランドに泊《と》まるなんて、ママがゆるしてくれません！」

そういうと、がっくり肩《かた》を落《お》としました。

みんなは、わたしぬきで、女王《じょおう》さまにまかせられた旅《たび》をしなくちゃいけないんだ……。

もしも、女王《じょおう》さまの命令《めいれい》にしたがわない場合《ばあい》、わたしはどうなるのかな。

永久《えいきゅう》パスポートをとりあげられたらどうしよう。

フェアリーランドに二度《にど》と入《い》れてもらえなくなるの?

そのとき馬車《ばしゃ》は、宮殿《きゅうでん》のあるフェアリータウンにつきました。ひづめが地面《じめん》について、馬車《ばしゃ》ががくんとゆれます。

みんなが止《と》める間《ま》もなく、女王《じょおう》さまがいきなり馬車《ばしゃ》のとびらをあけてしまったので、みんなはほとんどころげおちるように外《そと》に出《で》ました。

女王《じょおう》さまがいいわたしました。

「さあ、お行《い》きなさい。嵐《あらし》の山《やま》から運《うん》よく、ぶじにもどってこられたら、すぐに宮殿《きゅうでん》に来《き》て報告《ほうこく》するように」

スノードロップが、まっ青《さお》になって、ききました。

「『運《うん》よく、ぶじにもどってこられたら』とおっしゃいましたか?」

「ええ、たしかに『運《うん》よく』といいました。へんに、うそをいってもよくありませんのでね」

女王《じょおう》さまはそう答《こた》えると、ピュアの目《め》の前《まえ》で人差《ひとさ》し指《ゆび》をふりながら、いいました。

「それから、あなた。この旅《たび》からぬけようなどとは思《おも》わないことです。いっしょに旅《たび》に出《で》ないというのなら、永久《えいきゅう》パスポートは返《かえ》してもらいます。そして、二度《にど》とフェアリーランドに入《はい》ることをゆるしません」

ピュアはがくぜんとしました。

そんなのひどい!　どうしたらいいの!?

女王《じょおう》さまはいいたいことだけいうと、馬車《ばしゃ》のとびらをしめてしまいました。馬《うま》たちがかけだし、馬車《ばしゃ》は土《つち》ぼこりとともに、宮殿《きゅうでん》のほうへ去《さ》っていきました。

ピュアと四人《よにん》の妖精《ようせい》は、集《あつ》まると、ぎゅっとだきあいました。

嵐《あらし》の魔女《まじょ》にまつわるこわい話《はなし》をたくさん聞《き》いたあとでしたので、ピュアは四人《よにん》がしんぱいでたまりません。

カーテンにふんわりタオルにベッドカバーにバスマットにされちゃうの!?

でも、わたしにできることなんてない。

ママに、旅《たび》に出《で》ていいかなんて、きくだけむだ。

ピュアはなみだまじりの声《こえ》でいいました。

「わたしのフェアリーランドでの冒険《ぼうけん》はもう終《お》わっちゃった。ほと

 んど始《はじ》まってもいないのに」

フェアリーランドのことを思《おも》っても、もうわくわくしません。

いいえ、何《なに》を考《かんが》えても、わくわくしないのです。

友《とも》だち四人《よにん》のことがしんぱいで、それだけで頭《あたま》がいっぱいです。

ああ、ママにだきしめてもらいたい……！

ピュアはかけだしました。とぶこともわすれ、広場《ひろば》をつっきっていきます。

空《そら》をとんでいるドラゴンやユニコーンに見《み》むきもしません。頭《あたま》の上《うえ》には、にじがかかり、キャンディの雨《あめ》がふりだしましたが、口《くち》をあけて食《た》べようともしません。

ピュアはサルビアがいっていたことを思《おも》い出《だ》していました。

「〈きらめく魔法《まほう》の風《かぜ》〉にのれる場所《ばしょ》は、フェアリーパウダーの泉《いずみ》のそばだけなの。女王《じょおう》さま以外《いがい》はね」

四人《よにん》の妖精《ようせい》たちも走《はし》ってきて、ピュアの横《よこ》にならびました。

ブルーベルがたずねます。

「どこに行《い》くの？」

ピュアは、こぼれそうななみだをこらえて、つぶやきました。

「帰《かえ》る」

第3章

ドラゴンにのって

ピュアとブルーベルたち四人《よにん》は、〈きらめく魔法《まほう》の風《かぜ》〉にのって、人間《にんげん》の世界《せかい》にもどりました。フワフワもピュアにだかれています。

ピュアは妖精《ようせい》ハウスでフワフワといっしょに、もとの大《おお》きさになりました。フワフワの羽《はね》は、キラキラのフェアリーパウダーで消《け》します。

それからすぐにみんなで、ピュアの家《いえ》のキッチンにもどりました。

ピュアはママにだきつきました。目《め》からどっとなみだがあふれます。

それから、ブルーベルたちにも助《たす》けてもらいながら、どうにかすべてをママにせつめいしました。ときどき、なみだで言葉《ことば》につまったり、しゃくりあげたりしてしまいました。

「嵐《あらし》の山《やま》になんてとても行《い》けないよ。それで嵐《あらし》の魔女《まじょ》に、魔法《まほう》の薬《くすり》のレシピを教《おし》えてもらうなんて。でも、行《い》かなかったら、わたしは二度《にど》とフェアリーランドに入《い》れてもらえないの」

するとママがやさしくいいました。

「ピュア、かわいそうだけど、ちがう世界《せかい》でひと晩《ばん》すごすなんて、ぜったいにだめ。そんなことになったら、ママはしんぱいで病気《びょうき》になっちゃう」

すると、デイジーが考《かんが》え考《かんが》え、いいました。

「でも、わたしたちって、いつもぎりぎりまにあうの」

ピュアが、はっと顔《かお》をあげてききます。

「それって、どういうこと？」

「ええ、そうね、わたしたち、まにあうわ」とサルビア。

デイジーがせつめいしました。

「まにあう、というのは、じつはフェアリーランドは時間《じかん》の進《すす》み方《かた》が、ここよりはやいからなの。だから、わたしたちが嵐《あらし》の山《やま》に行《い》って、ひと晩《ばん》キャンプして、タウンに帰《かえ》って、それから人間《にんげん》の世界《せかい》のこの家《いえ》にもどっても、夕食《ゆうしょく》の時間《じかん》にはまにあうってこと」

ピュアはびっくりして、息《いき》をのみました。

すかさず、ブルーベルが言葉《ことば》をつけたします。

「だから、あまり考《かんが》えすぎないほうがいいよ」

そういうと、頭《あたま》がぱーんとはれつするような身《み》ぶりをして見《み》せました。

サルビアもうなずきます。

「それに、とうぜんだけど、空《そら》とぶバス〈ドラゴンエクスプレス号《ごう》〉は、いつもあたしたちといっしょに行動《こうどう》するのよ。あたしたちをはこぶドラゴンのこと。とても大《おお》きくて、炎《ほのお》をはいて、ものすごーく考《かんが》えぶかいの。だから、あたしたちはものすごーく安全《あんぜん》よ」

ママがたずねました。

「そのドラゴンは、十八歳《じゅうはっさい》以上《いじょう》のおとな？　それに、応急処置《おうきゅうしょち》のくんれんを受《う》けていて、あなたたちみんなの責任者《せきにんしゃ》になれるといえる？」

それには、スノードロップが答《こた》えました。

「ママさん、もちろんです。ドラゴンエクスプレス号《ごう》は百三歳《ひゃくさんさい》で、毎日《まいにち》、妖精《ようせい》たちを学校《がっこう》までおくりむかえしてくれています。かんぺきな責任者《せきにんしゃ》ですし、くんれんを受《う》けていて、応急処置《おうきゅうしょち》もできます」

「それに、三《みっ》つの言語《げんご》をしゃべれるんですよ。エルフ語《ご》と、ドラゴン語《ご》と、ピクシー語《ご》」

デイジーは、ママを安心《あんしん》させたいというやさしい心《こころ》から、そういいました。ただ、その言葉《ことば》はあまり助《たす》けにはなりませんでしたけれど。

ピュアはだんだんふしぎに思《おも》いはじめていました。

どうしてママはこんなにあれこれ質問《しつもん》するんだろう？

ですから、ママがつぎにいった言葉《ことば》を、すぐにはしんじられませんでした。

「物置小屋《ものおきごや》からうちのキャンプ用品《ようひん》をもっていくことになりそうね」

ピュアはぽかんとママを見《み》つめました。

「えっ？　それってつまり、行《い》っていいの？　きけんかもしれないのに？」

ママはふーっと息《いき》をはきだすと、ピュアをだきしめました。

「行《い》かせたくはないけれど、フェアリーランドへの永久《えいきゅう》パスポートをうしなってしまうわけにはいかないでしょう？　それにママはこう思《おも》うの。ピュアは、フェアリーランドをすくう運《うん》命《めい》をせおっているんじゃないかって。とてもむずかしいしごとよ。でも、きっとだいじょ

うぶ。ママはしんじてる。あなたたちみんなをね！」

「やったあ！」

サルビアとブルーベルは声《こえ》をあげると、ハイタッチをしました。

「ピュアが来《こ》られる！　ピュアが来《こ》られる！」

デイジーがうたうようにいいながら、空中《くうちゅう》でくるるんとおどります。

ところが、スノードロップはうかない顔《かお》。

「どうかした？」とピュア。

すると、スノードロップはしずんだ声《こえ》でママにいいました。

「だって……ママさんは、わたしたちみんなをしんじてるっていいましたけど、どうしてわたしをしんじられるのかなって。だって、わたし、勇気《ゆうき》が少《すこ》しもないんです。きっとみんなにめいわくをかけます。わたしは行《い》かないほうがいいのかも……」

とたんに、ブルーベルがスノードロップの背中《せなか》をバシンとたたいて、にこにこしながらいいました。

「だいじょうぶだって！　たしかに旅《たび》では、勇気《ゆうき》がたっぷりひつようだよ！　その点《てん》、うちにはたーっぷりある。スノードロップは、うちのやることをまねればいいよ」

ピュアは、にっこりしながら、口《くち》をはさみました。

「ねえ、ブルーベル。みんな、それぞれちがうんだよ。わたしたちがもってる力《ちから》だって、それぞれちがう。勇気《ゆうき》にだって、いろんなしゅるいがある。スノードロップはきっと、このしごとでとてもだいじな役目《やくめ》をはたしてくれると思《おも》う。スノードロップらしいやり方《かた》でね」

スノードロップが顔《かお》をかがやかせます。

「そうですね！　だいたい、わたしはブルーベルのまねはしたくないし」

これには、ブルーベルがむすっとしました。

「じゃあ、スノードロップはどんな力《ちから》をもってるの？」

スノードロップはじっと考《かんが》えはじめました。顔《かお》がだんだん、不安《ふあん》そうになっていきます。そしてとうとういいました。

「わかりません」

スノードロップはしゅんとうなだれました。つややかな黒《くろ》いロングヘアが、顔《かお》にかかっています。

「わたしに何《なに》か力《ちから》があるなんて、思《おも》えません」

デイジーがスノードロップの肩《かた》にうでをまわして、ブルーベルをキッとにらむといいました。

「スノードロップ、あなたにはきっと何《なに》かの力《ちから》があるよ」

「物語《ものがたり》をつくるのが、とてもうまいよね」とピュア。

けれども、スノードロップはしょんぼりしたまま、いいました。

「それって、力《ちから》ではないですよね。だって、おそろしい嵐《あらし》の魔女《まじょ》と対決《たいけつ》する助《たす》けにはならないし、いやな沼《ぬま》モンスターがフェアリーランドをめちゃめちゃにするのを止《と》めることもできません」

「そうかもしれないけれど、物語《ものがたり》にはとてつもない力《ちから》があるんだよ。ママがいつもそういってる」

ピュアはきっぱりいいました。

ママがスノードロップにウインクしていいます。

「それに、うちのかしこいむすめがいったとおり、勇気《ゆうき》には、いろんなしゅるいがあるのよ。そういうことだから、あなたたちとは、人間《にんげん》の世界《せかい》の、今日《きょう》の夕食《ゆうしょく》のときにまた会《あ》いましょう。元気《げんき》にぶじに帰《かえ》ってくるのよ。おみやげ話《ばなし》をひとつかふたつ、おねがいね」

ママはピュアをぎゅっとだきしめました。それからすーっと息《いき》をすいこむと、力強《ちからづよ》くいいます。

「さあ、いってらっしゃい！　わたしの気《き》がかわるまえに！」

ピュアは「いってきます」のハグを、ぎゅぎゅぎゅっとかえしました。

わたしとママくらい、おたがいが大大大好《だいだいだいす》きな人《ひと》って、いないんじゃないかな。

ピュアはつぶやくようにいいました。

「ママ、ありがとう。大大大好《だいだいだいす》き。夕食《ゆうしょく》の時間《じかん》までに帰《かえ》るね。おいわいのごはんを食《た》べながら、わたしたちの冒険《ぼうけん》の話《はなし》をたっぷり聞《き》いてね」

それから、ピュアはサンダルをはくと、家《いえ》をとびだしました。

デイジーが声《こえ》をあげます。

「ああ、しんじられない。ピュアが来《こ》られるなんて！」

ピュアが裏庭《うらにわ》の芝生《しばふ》をつっきっていくそばを、妖精《ようせい》たち四人《よにん》もとんでいきます。

「うちら、嵐《あらし》の魔女《まじょ》と対決《たいけつ》するんだよ——五人《ごにん》でね！」

ブルーベルはそういうと、にこにこ顔《がお》で、くるんと宙返《ちゅうがえ》りをしました。

みんなが物置小屋《ものおきごや》につくと、フワフワもかけてきて、低《ひく》い生《い》け垣《がき》のそばに落《お》ちていた小《ちい》さな毛糸玉《けいとだま》にじゃれつきはじめました。

ピュアも妖精《ようせい》たちも知《し》らなかったのですが、じつはその毛糸玉《けいとだま》に

は、網《あみ》がとりつけられていて……網《あみ》のはしをティファニーがもって
いたのです。
ピュアが物置小屋《ものおきごや》に入《はい》ったとたん、生《い》け垣《がき》のうしろにいたティ
ファニーは、その下《した》にしいた網《あみ》を、ゆらゆらとこきざみに動《うご》かしま
した。
フワフワが、おもしろそうに動《うご》く網《あみ》に気《き》づいて、ぱっとその上《うえ》に
とびのります。
すかさず、ティファニーは網《あみ》を自分《じぶん》のほうにひっぱって、フワフ
ワをつかまえてしまいました。
そんなことにはまったく気《き》づかず、ピュアは物置小屋《ものおきごや》のなかをさ
がしはじめました。道具箱《どうぐばこ》や、畑仕事《はたけしごと》につかうくわやすき、古《ふる》い雑《ざっ》
誌《し》のたばなどがしまってあります。

まもなく、キャンプにつかうものが見《み》つかりました。テントがふたつ（ひとつは、ときどきジェーンおばさんがつかっています）、しきもの、テントをはるときのくいをうつためのしっかりしたハンマー。

すべてをふたつのテントバッグにつめこむと、ひとつずつ肩《かた》にかけました。

いっぽう、生《い》け垣《がき》のうしろでは、ティファニーがにんまりしていました。

「かわいい子《こ》ネコちゃん、こんにちは。あんたには、あのムカつくピュアと、あのぞっとする妖精《ようせい》たちがたくらんでいることを見《み》つけだすのを、手伝《てつだ》ってもらうから。それと、妖精《ようせい》がほんとうにいるっていう証明《しょうめい》もしてもらう。証拠映像《しょうこえいぞう》でね」

ティファニーは、網《あみ》のなかでもがいているフワフワをひっぱりだすと、大《おお》きなリボンのついた首輪《くびわ》に小型《こがた》のビデオカメラをとりつけました。

フワフワはなんとかして、ティファニーの手《て》からのがれようとしています。

「証拠映像《しょうこえいぞう》をとって見《み》せたら、パパだって、妖精《ようせい》がほんとうにいるってことをみとめるでしょ。おまけに、フェアリーランドに行《い》く方法《ほうほう》も見《み》つけられるから、妖《よう》精《せい》をみんなおりに入《い》れて、見世物《みせもの》にして、たっぷりお金《かね》をかせぐの。パパはわたしといっしょになって、大《おお》よろ

こびするだろうな」

ティファニーが、ぱっとはなしてやると、とたんにフワフワはティファニーの手《て》をひっかいて、生《い》け垣《がき》の下《した》ににげこみました。

「なんなの！　バカネコ！」

ひっかかれた手《て》をさすりながら、ティファニーがブツブツいいます。

「あとでカメラをとりかえしにいくから、そのときは、おぎょうぎよくしなさい。でないと、池《いけ》にほうりこむかもよ！」

そのころ、物置小屋《ものおきごや》では、キャンプにつかうものがさらに見《み》つかっていました。

高《たか》いたなの上《うえ》のはこから、もこもこのねぶくろが五《いつ》つです。ピュアはわきにかかえました。

そして、思《おも》ってもみなかった自分《じぶん》の気持《きも》ちに気《き》づきました。

嵐《あらし》の山《やま》に行《い》くのに、ちょっとわくわくしてきたかも……！

ピュアはよろよろと物置《ものおき》小屋《ごや》を出《で》ました。なにしろ、キャンプ用《よう》品《ひん》を山《やま》ほどもっています。

「にもつをはこぶのを、わたしたちも手伝《てつだ》えたらいいのに」とデイジー。

「ううん、だいじょうぶ。みんなはとにかく、ティファニーに見《み》られないように気《き》をつけて。それがいちばんたすかるから」

ピュアはそういいながら、フワフワをさがして、さっと庭《にわ》を見《み》まわしました。

そのとき、生《い》け垣《がき》の下《した》からフワフワがあわててはいだしてきて、ピュアのうでのなかにとびこみました。おかげで、ピュアのかかえていたねぶくろが、地面《じめん》にちらばります。

ピュアはフワフワをだきしめながら、ききました。

「どうしたの？　またスズメでも、おいかけていた？」

それからフワフワを地面《じめん》におろすと、ねぶくろをひろいあつめていいました。

「さあ、フワフワ、わたしたちにはやらないといけないしごとがあるの。フワフワもお出《で》かけだよ。フェアリータウンまでね。それで、フワフワはサルビアの家《いえ》でお母《かあ》さんネコといっしょにおるすばんをしてて。嵐《あらし》の魔女《まじょ》は、ネコが好《す》きじゃないから……」

それから、ピュアは顔《かお》をしかめて、言葉《ことば》をつけたしました。

「フワフワを見《み》たら、バスマットに変身《へんしん》させちゃうと思《おも》う！」

ピュアはツタのからまる一本《いっぽん》の針金《はりがね》フェンスをひょいとくぐりぬ

けると、野原《のはら》に出《で》ました。さっとあたりを見《み》わたします。妖精《ようせい》たちも、まわりを見《み》ています。

「今《いま》は、ティファニーのすがたは見《み》えません」とスノードロップ。

けれども、そのしゅんかんもずっと、フワフワの首輪《くびわ》にとりつけられた小型《こがた》のビデオカメラにみんなのようすが録画《ろくが》されていることを、五人《ごにん》はだれも気《き》づいていませんでした。

ピュアは妖精《ようせい》ハウスに行《い》くと、また妖精《ようせい》サイズまで小《ちい》さくなりました（キャンプ用品《ようひん》もフワフワもすべて小《ちい》さくなるまで、がんばってかかえていました）。すぐに、妖精《ようせい》ハウスにおいてある自分《じぶん》の羽《はね》をとってきます。フワフワの羽《はね》はフェアリーパウダーでまた出《だ》しました。

それから、みんなで〈きらめく魔法《まほう》の風《かぜ》〉にのってフェアリーランドにむかいました。

ただし、また妖精《ようせい》の女王《じょおう》さまのテーブルの上《うえ》におりてしまうのは、ごめんです！

今回《こんかい》はみんなでがんばって気持《きも》ちを集中《しゅうちゅう》したおかげで、なんとかフェアリーパウダーの泉《いずみ》の前《まえ》におりたちました。

五人《ごにん》はフェアリータウンのなかを飛《と》んで、ブルーベルたち妖精《ようせい》四《よ》人《にん》の家《いえ》〈フェアリーフレンドハウス〉にまっすぐむかいました。

フェアリーフレンドハウスはひとつの大《おお》きな家《いえ》が四《よっ》つにわかれていて、それぞれに専用《せんよう》の玄関《げんかん》ドアと庭《にわ》がついています。「フェアリーフレンドハウスは、ひとりずつ住《す》む小《ちい》さな家《いえ》が四《よっ》つくっついてできている」という言《い》い方《かた》もできるでしょう。

ブルーベルたちは季節《きせつ》の妖精《ようせい》で、小《ちい》さな家《いえ》ではそれぞれの妖精《ようせい》の季節《きせつ》がつづいています。

夏《なつ》の妖精《ようせい》デイジーの家《いえ》の庭《にわ》では、夏《なつ》の日《ひ》ざしがまぶしいですし、スノードロップの冬《ふゆ》の庭《にわ》では、木《き》のえだに葉《は》っぱがなく、地面《じめん》のところどころに雪《ゆき》のふきだまりができています。

ピュアは四《よっ》つの季節《きせつ》が同時《どうじ》におとずれていることに、まだなれることができません。

五人《ごにん》がおりたったのは、サルビアの芝生《しばふ》の庭《にわ》でした。庭《にわ》には、うつくしいカエデの木々《きぎ》が立《た》っていて、芝生《しばふ》の上《うえ》に紅葉《こうよう》した葉《は》っぱがちらばっています。

五人《ごにん》はすぐに、サルビアの小《ちい》さな家《いえ》のなかに入《はい》りました。そこには、サルビアが飼《か》っている妖精《ようせい》ネコのポピーが、元気《げんき》すぎる子《こ》ネコたちの世話《せわ》から少《すこ》し休《きゅう》けいしようとしているところでした。子《こ》ネコたちは、今《いま》ではかなり大《おお》きくなっています。

ピュアはさっそく、じゅうたんの上《うえ》でポピーとカラフルな子《こ》ネコたちをなでたり、声《こえ》をかけたりしました。じゅうたんは、本物《ほんもの》の秋《あき》の葉《は》っぱからできていて、魔法《まほう》でとてもやわらかくしてあります。

フワフワは、お母《かあ》さんネコや、きょうだいたちとまた会《あ》えて、すっかりはしゃいでいました。

うれしそうに鳴《な》きながら、きょうだいとごろごろじゃれつきはじめます。フワフワも、今《いま》ではきょうだいと同《おな》じくらいに大《おお》きくなっています。

ここなら、フワフワも安全《あんぜん》です。ピュアはやっぱり旅《たび》にはフワフワをつれていかず、ここにおいていくことにしました。

ピュア以外《いがい》の四人《よにん》が、それぞれのキッチンで食《た》べ物《もの》を集《あつ》めてきま

した。

みんなはまもなく、出発《しゅっぱつ》しました。

まずは、ドラゴンエクスプレス号《ごう》にのるために、広場《ひろば》に行《い》きます。

ブルーベルは、広場《ひろば》でまっていた巨大《きょだい》なドラゴンに声《こえ》をかけました。

「ドラゴンエクスプレス号《ごう》、こんにちは、ひさしぶり！　うちらの旅《たび》にいっしょについてきてくれて、ありがとう。めちゃくちゃ安心《あんしん》だよ！」

すると、ドラゴンエクスプレス号《ごう》は鼻《はな》からけむりをフ――ッと出《だ》しました。とてもうれしそうな顔《かお》をしています。

ピュアは思《おも》わず、心《こころ》のなかで自分《じぶん》にいいました。

これって夢《ゆめ》じゃないよね。

わたしはフェアリーランドにいて、これはほんとに起《お》きてることなんだよね！

ピュアは、むずかしくてきけんな旅《たび》がすぐ先《さき》にまちうけていることを、ほとんどわすれていました。むしろ、わくわくが止《と》まらなくなっています。

わたし、これから本物《ほんもの》のドラゴンの背中《せなか》にのって、旅《たび》に出《で》るんだよね！

そのとき、みんなの頭上《ずじょう》でにじがまたパーン！　とはじけて、キャンディになってふりそそいできました。ピュアは、旅《たび》にもっていくために、いそいでキャンディを手《て》で受《う》けとめて集《あつ》めました。

顔《かお》をあげると、みんながにんまりしながら、ピュアを見《み》ています。

「えっ、何《なに》かへん？　人間《にんげん》の世界《せかい》では、旅《たび》に出《で》るとき、おやつをもっ

ていくんだよ」

とたんに、四人《よにん》が笑《わら》いました。

「ピュア、キャンディなんて食《た》べられないわよ」とサルビア。

「どうして？　ドラゴンの空《そら》とぶバスって、空《そら》をとぶ以外《いがい》はふつうのバスみたいなものでしょ？」

みんなが、いたずらっぽい目《め》で見《み》かわします。

「もうすぐ、わかります」

スノードロップが、ミステリ

アスな笑《え》みをうかべていいました。

それから、スノードロップとデイジーは、みんなで集《あつ》めてきた食《た》べ物《もの》を入《い》れた大《おお》きなバスケットを、ドラゴンエクスプレス号《ごう》にきっちりしばりつけました。

テントを入《い》れているバッグふたつもしばりつけて、その上《うえ》に五《いつ》つのねぶくろもかたくむすびつけます。

そのあと、みんなはそれぞれの席《せき》につきました。席《せき》は、シートベルトがついていますが、ふかふかのひじかけいすにそっくりです。

広場《ひろば》にはおおぜいの妖精《ようせい》たちが集《あつ》まってきて、手《て》をふっています。そこには、ブルーベルの弟《おとうと》のブルーバードと友《とも》だちのオートンとバズ、それにカエルの妖精《ようせい》のエゼルダもいます。

エゼルダは、ピュアたち五人《ごにん》のだれとも友《とも》だちではありません。

五人《ごにん》のだれのことも好《す》きでは

ないのです。とくにブルーベルのことが大《だい》きらい。

ブルーベルのほうも、きらわれてもいいと思《おも》っています。なにしろ、エゼルダのことが大《だい》きらいなのですから。

ドラゴンエクスプレス号《ごう》がいよいよとびたつじゅんびに入《はい》りました。妖精《ようせい》たちがせいえんをおくったり、はくしゅしたりしています。

ただし、エゼルダはべつ。こんな声《こえ》をかけてきました。

「ブルーベル、あなたが帰《かえ》ってこなかったら、あなたの家《いえ》、もらっていい？」

とたんに、スノードロップが、まっ青《さお》になりました。ピュアもこわくなってしまいました。

けれども、ブルーベルは、べーっと舌《した》をつきだすと、いいかえしました。

「まったく、水《みず》の入《はい》ったバケツに頭《あたま》をつっこんで、ひやしたら？　うちらはだいじょうぶ。あっというまに帰《かえ》ってくる。フェアリーランドをすくう魔法《まほう》の薬《くすり》を手《て》に入《い》れてね！」

ブルーベルのいさましい言葉《ことば》に、集《あつ》まっていた妖精《ようせい》たちがわっとはくしゅしました。

エゼルダは、はくしゅがうらやましくて、ふだんよりいっそう緑《みどり》色《いろ》になっています。

ドラゴンエクスプレス号《ごう》が、つばさをはばたかせはじめました。

そして道《みち》を数歩《すうほ》かけだしたかと思《おも》うと、そのままゆうがにすーっととびたったのです。

ピュアはうれしくて、心臓《しんぞう》がとびだしそうになりました。

ブルーベルが、ピュアにウインクすると、服《ふく》のポケットから針《はり》をとりだして、首《くび》にかけている時計《とけい》も手《て》にとりました。

フェアリーパウダーをひとつまみ、時計《とけい》にふりかけると、とたんに時計《とけい》は布製《ぬのせい》になりました。数字《すうじ》は金《きん》の糸《いと》でちくちくぬわれています。

ブルーベルは集中《しゅうちゅう》して、針《はり》で、12の数字《すうじ》のぬい目《め》をひとつ、ぴっとはずしました。

「できた!」

そういって、また時計《とけい》を首《くび》もとにしまいます。

「これで、うちらはママさんと夕食《ゆうしょく》を食《た》べる時間《じかん》にちゃんと帰《かえ》れるよ」

「すごーい!」とピュア。

「でしょ。うち、すごいんだ」とブルーベル。

「ブルーベルって、ほーんと、いいかっこしいよね!」とサルビア。

「サルビアは、すっごい、いばりんぼ!」とブルーベル。

けれども、けんかをしているひまはありません。

ドラゴンエクスプレス号《ごう》は、どんどん、どんどん、空高《そらたか》くのぼっていきます。

ピュアは、どうしてキャンディを食《た》べられないか、すぐにわかりました。

というのも、乗《の》り心地《ごこち》が、ジェットコースターそっくり! 気流《きりゅう》にのって、ものすごいスピードでのぼったりおりたりして、たまに、くるんと宙返《ちゅうがえ》りまでするのです!

ピュアは、思《おも》いました。
ドラゴンバスって、なんてはげしい乗《の》り物《もの》なの⁉
ちょっぴりこわくて……ああ、わくわくする！
これからみんなは沼《ぬま》モンスターを消《け》すための魔《ま》法《ほう》の薬《くすり》を手《て》に入《い》れにいきます。
フェアリーランドをすくうのです！

第廿章

嵐《あらし》の魔女《まじょ》

ドラゴンエクスプレス号《ごう》は、嵐《あらし》の山《やま》まであと数時間《すうじかん》という場所《ばしょ》まで来《き》て、ついに着陸《ちゃくりく》しました。

みんなへとへとで、体《からだ》がいたくなっていましたが、なにより楽《たの》しかったので、大《だい》まんぞくです。

ドラゴンエクスプレス号《ごう》は夜《よる》にはとべないので、ここでキャンプをして、休《やす》むことにしました。

ブルーベルとサルビアは、やっぱりけんかをはじめました。

今回《こんかい》は、正《ただ》しいテントのはり方《かた》をめぐっ

てです。ふたりとも、一度《いちど》もテントをはったことがないというのに。

ふたりがくずれたテントの下《した》じきになりながらいいあっているのを聞《き》いて、ピュアはデイジーに、またやってるね、という顔《かお》で笑《わら》いかけました。

ブルーベルがいいます。

「サルビアは、その『くい』とかいうものを、自分《じぶん》の鼻《はな》にうちこみなさいよ。テントがくさい場合《ばあい》にそなえてね」

サルビアもまけていません。

「ブルーベルは、その『ほねぐみ』とかいうもので、テントのすぐ外《そと》にうんていをつくりなさいよ。ふつうはそうするものだから!」

「はぁ? そんなの、うそにきまってる!」

「ちょっと、あたしをうそつきみたいにいわないで!」

サルビアはそういうと、ブルーベルと、くずれたテントのなかでごろごろとっくみあいをはじめました。

テントのはしから手《て》や足《あし》が出《で》たりひっこんだりするので、ピュアは思《おも》わず笑《わら》ってしまいました。

デイジーとスノードロップは、苦笑《にがわら》いをすると、やれやれと首《くび》をふって、自分《じぶん》たちのテントをはるしごとにもどりました。こちらのテントには、デイジー、スノードロップ、ピュアがねることになっています。

そしてとうぜん、こちらのテントは、ピュアがいっしょに作業《さぎょう》したこともあって、ちゃんとしたやり方《かた》で、あっというまにはれました。

ブルーベルとサルビアが、くずれたテントの下《した》から出《で》てきました。

髪《かみ》はぼさぼさ。おたがいにブツブツいいあっています。

ふたりはやっと気《き》づきました。べつのテントはもう、きちんとはられているのです。なかには、ふかふかのねぶくろとまくらまで用意《ようい》できています。

ブルーベルとサルビアのテントは、五人《ごにん》でいっしょにはりました。おかげで、あっというまにできあがりました（もちろん、うんていは、ついていません！）。

そのあと、みんなでキャンプファイヤー用《よう》のまきを集《あつ》めました。まき集《あつ》めは、いつのまにかゲームになっていました。

走《はし》ったりとんだりして、落《お》ちているえだをだれがいちばんたくさん集《あつ》めて、キャンプファイヤーのまきの山《やま》につめるのか、きょうそうです！

みんなでわいわいキャアキャアさわいだので、ピュアはすっかり楽《たの》しくなって、これからむかうきびしいしごとのことを、すっかりわすれていました。

まもなく、キャンプファイヤー用《よう》のまきが山《やま》づみになりました。

みんなは、「やったね！」とハイタッチをしました。

スノードロップが、たくさんの花《はな》とくきでできた一本《いっぽん》のくさりを、テントとテントにわたして、とりつけました。それから、花《はな》びらでできたスカートのあいだから、フェアリーパウダーのこびんをとりだします。

「妖精《ようせい》のナイトライトのないキャンプなんて、かんぺきなキャンプとはいえません」

そういって、スノードロップはいちばん近《ちか》くの花《はな》にフェアリーパウダーをぱらりとふりかけました。

すると、花《はな》がつぎつぎと「チリン！」という音《おと》とともに、明《あ》かりをともしはじめたのです。

しまいには、くさりのぜんぶの花《はな》がライトになって、テントのまわりじゅうを明《あか》るくてらしました。

ピュアは息《いき》をのみました。

うわあ、とってもきれい！

「それに、キャンプファイヤーのないキャンプなんて、かんぺきなキャンプとはいえない！」とデイジー。

ふいに、ピュアはあることに気《き》づいて、あわてました。

「ああ、どうしよう。わたしたち、マッチをもってきてない！キャンプファイヤーの火《ひ》をどうやってつけたらいいの？」

すると、四人《よにん》の妖精《ようせい》たちが、

クスクス笑《わら》いだしたではありませんか。

つぎのしゅんかん、ドラゴンエクスプレス号《ごう》が、鼻《はな》のあなから炎《ほのお》の鼻息《はないき》をふきだしました。

ブォ――――ッ！

ピュアは「キャッ！」とさけんでうしろにとびのきました……が、思《おも》いがけない火《ひ》のつけ方《かた》が、あまりにもおもしろくて、しゃがみこんで笑《わら》いだしました。

「そっか、その手《て》があったよね!」

デイジーは、食《た》べ物《もの》の係《かかり》です。食《た》べ物《もの》の入《はい》ったバスケットをあけると……ピョーン!

なかからフワフワがとびだしてきて、みんなびっくり。

「もう、いたずら子《こ》ネコ!」

ピュアはフワフワをもちあげて、ぎゅっとだきしめました。

「バスケットのなかにかくれて、ついてきちゃったんだ。あぶないめにあわないように、おるすばんしていてもらおうと思《おも》ったのに」

そういいながらも、ピュアはあまりフワフワをおこることができませんでした。バスケットにかくれて、あんなに長《なが》くてはげしい旅《たび》をしてきたのです。

ぶじで、ほんとによかった!

このころには、だれのおなかもぺこぺこになっていたので、みんなでデイジーを手伝《てつだ》って、とびきりすてきなごちそうを作《つく》りました。

マシュマロとイチゴをくしにさして、火《ひ》でこんがりあぶったり、ブルーベルのフライパンで、ひと口《くち》サイズのブルーベリーパンケーキをやいたり。

サルビアは、ファイアポップというものを作《つく》りました。ピュアにはわからない何《なに》かのくしやきで、マシュマロみたいに火《ひ》であぶります。

ピュアは、ファイアポップを口《くち》に入《い》れてみました。いかにも魔《ま》法《ほう》っぽい不《ふ》思《し》議《ぎ》な味《あじ》とバニラの味《あじ》がして、ポン！　とはじけると、なかからとろりとあまずっぱいカシスソースが出《で》てきました。

そうしたとびきりの食《た》べ物《もの》といっしょに、天《てん》にものぼりそうなくらいにおいしいホットチョコレートもあります。スノードロップが作《つく》ったものです。

五人《ごにん》は、このすばらしいごちそうをおなかいっぱい食《た》べました。ドラゴンエクスプレス号《ごう》とフワフワにもあげました。

ピュアは、二《に》こ目《め》のファイアポップを食《た》べながら、ふと、ふしぎな気持《きも》ちでいっぱいになりました。

こんなことがほんとに起《お》きてるなんて、しんじられない！

わたしはここにいて、妖精《ようせい》の友《とも》だちと、大好《だいす》きなフワフワと、巨《きょ》大《だい》なドラゴンと、星空《ほしぞら》の下《した》でキャンプをしている。

何《なに》から何《なに》まですごいよね……！

少《すこ》しすると、スノードロップがお話《はなし》をしてくれました。なくなった妖精《ようせい》の宝《たから》の物語《ものがたり》に、なぞの幽霊船《ゆうれいせん》の物語《ものがたり》、それに、これまでだれも見《み》たことのない、おどろくべき海《うみ》の生《い》き物《もの》を発見《はっけん》した海賊《かいぞく》の物語《ものがたり》です。

スノードロップはつぎつぎに、とびきりおもしろい物語《ものがたり》を語《かた》り、みんなはすっかり夢中《むちゅう》になりました。

ただ、スノードロップはひそかに、嵐《あらし》の魔女《まじょ》のことだけは口《くち》にしないように気《き》をつけていました。嵐《あらし》の魔女《まじょ》の話《はなし》を聞《き》いたら、みんなぐっすりねむれなくなってしまいますから!

その晩《ばん》、ピュアは、デイジーとスノードロップのあいだにしいた、ふかふかのねぶくろにもぐりこむと、すぐにねむってしまいました。

これからおそろしい、たいへんなしごとがまちうけていてもです。

明日《あした》まではまだ時間《じかん》があります。今《いま》では、ピュアは友情《ゆうじょう》と笑《わら》いと、すばらしい食《た》べ物《もの》と、その上《うえ》をいくすばらしい物語《ものがたり》で、心《こころ》がすっかりみたされていました。

ピュアはねむりに落《お》ちる直前《ちょくぜん》に、こう思《おも》いました。

わたしってほんと、世界一《せかいいち》ラッキーだよね！

長《なが》い空《そら》の旅《たび》のあと、ピュアたちはぐっすりねむり、日《ひ》の出《で》とともに目《め》をさましました。

荷《に》づくりをして、朝食《ちょうしょく》はブルーベリーパンケーキののこりですませると、まもなくドラゴンエクスプレス号《ごう》にのりこみました。フワフワはまた、バスケットのなかにもぐりこみ、バスケットはドラゴンエクスプレス号《ごう》にしっかりくくりつけています。ただ、今回《こんかい》はバスケットのなかにふかふかのねぶくろをしいてあげました。

ドラゴンエクスプレス号《ごう》が空《そら》にとびたつと、ブルーベルが大《おお》きな声《こえ》でいいました。

「さあ、嵐《あらし》の山《やま》に行《い》こう！」

「いよいよ嵐《あらし》の魔女《まじょ》に会《あ》いにいくのよ！」

サルビアが言葉《ことば》をつけたします。その顔《かお》は、冒険《ぼうけん》をしているというう思《おも》いから、少々《しょうしょう》こうふん気味《ぎみ》です。

ところが、山《やま》に近《ちか》づくにつれ、天気《てんき》がみるみる悪《わる》くなり、三十分《さんじゅっぷん》もすると、強《つよ》い風《かぜ》と雨《あめ》にさらされました。嵐《あらし》の山《やま》につくころには、みんなさむさにふるえ、雨《あめ》にぬれて、へとへとになっていました。

ゴウゴウふく風《かぜ》のなか、デイジーがピュアにいいました。

「これくらいはね、どうってことないの。ここのほんかくてきな嵐《あらし》は、こんなもんじゃすまないらしいから。山《やま》にたたきつけられて、ひどいけがをおうか、フェアリーランドからふきとばされて……とにかくどこかへとばされちゃうくらいなの！」

「そうなんだ」

ピュアはそれしかいえませんでした。

ドラゴンエクスプレス号《ごう》が空中《くうちゅう》で宙返《ちゅうがえ》りをすると（みんなはそれはもう、キャーキャーさけびました）、ついに嵐《あらし》の魔女《まじょ》の家《いえ》が見《み》えてきました。それは、山《やま》の急《きゅう》な斜面《しゃめん》にあるほらあなで、山《やま》のふもとから何百《なんびゃく》メートルも高《たか》い岩《いわ》だなから入《はい》ります。

ドラゴンエクスプレス号《ごう》がみごとに岩《いわ》だなに着地《ちゃくち》して、鼻《はな》から少《すこ》しけむりをふきだしました。

みんなは、おしみないはくしゅをおくりました。

ドラゴンエクスプレス号《ごう》は、さらにけむりをふきだして、頭《あたま》をさげておじぎしました。それからさっそく、嵐《あらし》の魔女《まじょ》の家《いえ》の玄関前《げんかんまえ》でねむりこんでしまいました。

たしかに、体《からだ》が大《おお》きすぎてほらあなに入《はい》れません。それに、みんなもドラゴンエクスプレス号《ごう》をなかに入《い》れるつもりはありませんでした。嵐《あらし》の魔女《まじょ》がドラゴンをベッドカバーにかえてしまった話《はなし》を聞《き》いていましたから。

「えっ、そんな！」

デイジーが声《こえ》をあげました。デイジーは自分《じぶん》の夏《なつ》の庭《にわ》でつんだ、明《あか》るい色《いろ》の花《はな》たばをバスケットからひっぱりだしたところでした。フワフワが上《うえ》にのってしまったせいで、花《はな》はおれたりまがったりしています。

「こんなんじゃ、嵐《あらし》の魔女《まじょ》はあまりよろこばない」

「ああ、よろこばないとも！」

しわがれた声《こえ》がひびいて、みんなはびくっと体《からだ》をふるわせました。

スノードロップはおびえてデイジーにしがみつき、ピュアはさっとバスケットのふたをとじると、金具《かなぐ》もしめました。ネコがバスマットにかえられた話《はなし》を思《おも》い出《だ》したからです。

ピュアはフワフワにささやきました。

「ここでじっとしててね」

サルビアは、あまりあわてているようには見《み》えません。

けれども、ほらあなの玄関《げんかん》ドアがぱっとあいたとき、サルビアの言葉《ことば》から、すっかりあわてていることがわかりました。

「あ、あ、あたしたち、よ、よ、妖精《ようせい》の女王《じょおう》さまにつかわされて、き、き、来《き》ました」

デイジーは、ぼろぼろになった花《はな》たばをさしだしました。

「これは、あなたにです」

ところが、さしだしたとたん、風《かぜ》がビュッとふきつけて、花《はな》たばはとばされ、岩《いわ》だなのはるか下《した》へと落《お》ちていきました。

デイジーはぞっとして、しぼりだすような声《こえ》でいいました。

「そんな。ひどいスタート。ほかにあげるものもないのに」

ふいに、スノードロップがいいことを思《おも》いつきました。花《はな》びらのスカートのひだのあいだから、フェアリーパウダーのこびんをとりだすと、ふるえるゆびで、嵐《あらし》の魔《ま》女《じょ》のほうにさしだしました。小《ちい》さなふるえ声《ごえ》でいいます。

「これを少《すこ》しいかがですか？　魔《ま》女《じょ》の呪《じゅ》文《もん》や薬《くすり》ほど強力《きょうりょく》ではありませんが、小《ちい》さなしごと用《よう》の魔《ま》法《ほう》には、役《やく》に立《た》ちます。家《いえ》まわりのしごと……いえ、ほらあなまわりのしごと用《よう》に」

すかさず、デイジーが、せつめいをつけたしました。

「たとえば、ただの水《みず》を、おいしいマジカルフラワーソーダにかえられます。マジカルフラワーソーダをのむと、いい夢《ゆめ》を見《み》られるんです」

嵐《あらし》の魔女《まじょ》がじろりとこびんを見《み》ます。

「ふむ。なるほど、それなら役《やく》に立《た》つかもねえ」

ピュアは、ドキドキする胸《むね》をおさえながら、ついに勇気《ゆうき》を出《だ》して顔《かお》をあげ、嵐《あらし》の魔女《まじょ》を見《み》てみました。これまでたくさんのおそろしいうわさを聞《き》いてきた魔女《まじょ》です。

がっしりした大《おお》きな体《からだ》の女《おんな》の人《ひと》です。すべての指《ゆび》に銀《ぎん》とクリスタルの指輪《ゆびわ》をはめています。そして……全身黒《ぜんしんくろ》ずくめだろうとピュアは思《おも》っていたのですが、ちがいました。

いろんな色《いろ》のしましまの、長《なが》いジャンパースカートを着《き》ています。ジャンパースカートは、ひどくよれよれしていて、あきらかに毛《け》糸《いと》の手《て》編《あ》みです。

どうして「あきらか」なのかというと、スカートのすそから毛糸《けいと》の玉《たま》がつながっていましたから。つまり、まだ完成《かんせい》していないのです。

嵐《あらし》の魔女《まじょ》がむすっとした顔《かお》でみんなを見《み》ました。

「まあ、入《はい》るといい。玄関前《げんかんまえ》のかいだんで、ずぶぬれのまま立《た》っててても、しかたないだろう？」

みんなは、ほらあなのなかに入《はい》りました。

ピュアはびっくりして、息《いき》をのみました。

まるで映画《えいが》のセットみたい！

ほらあなの床《ゆか》から天井《てんじょう》まで、たながびっしりついています。たなにのっているのは、山《やま》ほどの巻物《まきもの》やノート。数百《すうひゃく》ものほこりまみれのびんや水《みず》さしもならんでいて、なかには魔法《まほう》の薬《くすり》の材《ざい》料《りょう》らしきものが入《はい》っています。

天井《てんじょう》につけたラックからは、かんそうさせた薬《やく》草《そう》がつりさげられています。

だんろでは、ゴウゴウと火《ひ》がもえていました。

みんなは、だんろの前《まえ》で身《み》をよせあいました。

嵐《あらし》の魔女《まじょ》はたなから、からの入《い》れ物《もの》をとりだしました。そこで、スノードロップは入《い》れ物《もの》にフェアリーパウダーをいくらかうつしました。

それから、もっていたフェアリーパウダーのこびんを床石《ゆかいし》の上《うえ》におくと、ぐっしょりぬれた長《なが》い黒髪《くろかみ》を、ぎゅうぎゅうしぼりはじめました。

嵐《あらし》の魔女《まじょ》は、ひじかけいすにすわると、たずねました。

「それで今回《こんかい》は、あのいばった女《おんな》は、何《なに》がほしいんだい？　ちょいと、そこの呪文《じゅもん》に気《き》をつけて！」

いきなりどなられて、サルビアはびくっとしました。サルビアは、はこにいっぱい入《はい》った、かなり古《ふる》そうな巻物《まきもの》の上《うえ》に水《みず》をしたたらせてしまったのです。

ピュアは、フワフワがかくれているバスケットをちらっと見《み》ました。嵐《あらし》をさけるため、いっしょにほらあなのなかにもちこんでいます。バスケットは、まだしっかり金具《かなぐ》がとじていたので、ピュアはほっとしました。

「うちら、魔法《まほう》の薬《くすり》を手《て》に入《い》れるために、つかわされたんです。ほんとにどうかものすごくおねがいします。沼《ぬま》モンスターを消《け》す薬《くすり》です。おねがいします」

ブルーベルは、自分《じぶん》なりに最高《さいこう》に礼儀正《れいぎただ》しくたのみました。とてもきんちょうした声《こえ》です。

嵐《あらし》の魔女《まじょ》が、いいました。

「そうなのかい？　そういう薬《くすり》なら、あるよ。というか、薬《くすり》をつくるレシピをもっている。あたしの巻物《まきもの》やノートのどれかに書《か》いてある。それがどこにあるかは、わからないがね」

「レシピに書《か》かれていることは、思《おも》い出《だ》せますか？」とブルーベル。

「いいや。その薬《くすり》はつくったことがないんでね。それに見《み》てのとおり、あたしはごまんとレシピをもっている。ぜんぶを覚《おぼ》えているなんて、むりだろうが！」

「だいじょうぶです。フェアリーパウダーをちょっとつかえば、どこにレシピがあるかわかります。レシピをもらえたら、あたしたちは帰《かえ》ります。それでおしまいです」とサルビア。

すると、嵐《あらし》の魔女《まじょ》がばかにしたように笑《わら》いました。

「ハハハ！　そうはいくまいよ。あたしはレシピをもっている、といったんだ。それをあんたらにやるとはいってない。あんたらが、あのいばったパンツ女《おんな》にいわれてきたんだとしても、あたしにはどうでもいい」

女王《じょおう》さまのことを「いばったパンツ女《おんな》」とよぶのを聞《き》いて、サルビアは思《おも》わず笑《わら》ってしまいました。ところが、嵐《あらし》の魔女《まじょ》は、しゃべりながら、どんどん、どんどん、怒《いか》りをつのらせていたのです。

「だいたい、妖精《ようせい》の女王《じょおう》は、あたしのために何《なに》かしてくれたかい？フェアリーランドでほんとうにあたしがかんげいされたことはない。この山《やま》でたったひとり、友《とも》だちもなく、すごしているだけ。ここには、魔女《まじょ》につきもののネコさえいないんだ！」

これには、ピュアはぶるっとふるえました。バスケットのほうをちらっと見《み》ます。ところが、ピュアはバスケットの金具《かなぐ》が、はずれかかっていることに気《き》づきませんでした。

嵐《あらし》の魔《ま》女《じょ》は、とうとう怒《いか》りをばくはつさせました。

「もうたくさんだ！　あんたらのパンツ女王《じょおう》につたえるといい。あたしからは何《なに》も手《て》に入《い》れることはできない、とね！」

妖精《ようせい》たちは、不安《ふあん》になって顔《かお》を見《み》あわせました。嵐《あらし》の魔《ま》女《じょ》をこれ以上《いじょう》怒《おこ》らせたくはありませんが、手《て》ぶらで女王《じょおう》さまのもとにもどることはできません。

いったい、どうしたらいいのでしょう？

まさにそのとき、一気《いっき》にいろいろなことが起《お》こりました。

バスケットからフワフワがとびだして、ひじかけいすにすわっている嵐《あらし》の魔《ま》女《じょ》の、ジャンパースカートからさがっている毛糸玉《けいとだま》に、とびついたのです。

「ヒ――――ッ！」

嵐《あらし》の魔女《まじょ》が声《こえ》をあげます。

ピュアたちは恐怖《きょうふ》で息《いき》をのみました。

魔女《まじょ》がかがんで、フワフワをさっとだきあげたからです。

とたんに、ピュアの体《からだ》のなかで、力強《ちからづよ》い気持《きも》ちがわきあがりました。勇気《ゆうき》と力《ちから》がみなぎって、心《こころ》が決《き》まりました。

わたしはフワフワが大好《だいす》き。

だからフワフワをまもるためなら、なんでもやる。

どんなにこわくても……！

ピュアは嵐《あらし》の魔女《まじょ》のまん前《まえ》にふみだしました。

「フワフワをかえして！　わたし、知《し》ってるんだから！　あなたはネコをバスマットにかえるんでしょ！」

そのとき、ブルーベルとサルビアがうしろに立《た》ってくれたのがわかりました。

ブルーベルがいいました。

「うん、うちら、知《し》ってる！　ドラゴンをベッドカバーにかえるんでしょ！」

「それにユニコーンをふんわりタオルにかえるの！」

嵐《あらし》の魔女《まじょ》は、フワフワをだいている手《て》にぐっと力《ちから》を入《い》れると、どなりました。

「へええ、全部《ぜんぶ》知《し》ってるのかい。だったら、あんたらは、さぞかしこわいだろうねえ。ところで、これは知《し》ってるのかい？　あたしが妖精《ようせい》を何《なに》にかえるのかを」

第5章

魔《ま》法《ほう》の薬《くすり》のレシピ

ブルーベルたちが魔《ま》女《じょ》の魔《ま》法《ほう》にかけられちゃう！

ピュアは友《とも》だち四人《よにん》といっしょに、悲鳴《ひめい》をあげながら玄関《げんかん》ドアへとかけだそうとしました。

フワフワも、嵐《あらし》の魔《ま》女《じょ》のうでからぬけだし、床《ゆか》にとびおります。

ピュアはほっとしましたが、すぐにがくぜんとしました。

フワフワはなんと、ピュアのほうへではなく、また嵐《あらし》の魔《ま》女《じょ》にむきなおり、ジャンパースカートをかけのぼりはじめたのです。

「フワフワ、だめ！」

ピュアはあわててフワフワをつかまえようと前《まえ》にふみだしました。

ところがおどろいたことに、フワフワはそのまま嵐《あらし》の魔女《まじょ》の首《くび》にとびついて、顔《かお》をすりすりしはじめたではありませんか。

さらにおどろいたことに……嵐《あらし》の魔女《まじょ》は、指《ゆび》でフワフワをなではじめたのです。

フワフワはのどをゴロゴロ鳴《な》らしながら、ジャンパースカートの肩《かた》の

ところを、つめでちょいちょいさわってあそんでいます。

するとさらにさらにおどろいたことに……嵐《あらし》の魔女《まじょ》の目《め》から、どっとなみだがあふれました。

嵐《あらし》の魔女《まじょ》はしゃくりあげながら、話《はなし》をはじめました。

「ほんというと、あたしは生《い》き物《もの》をベッドカバーやタオルやバスマットにかえたりしない。そんなひどいこと、するものかね。あたしは動物《どうぶつ》が大好《だいす》きなんだから。魔女《まじょ》ネコのジャスパーのことだって大好《だいす》きだった。〈魔法《まほう》の谷《たに》〉からここにいっしょにうつりすんだんだがね、ジャスパーは年《とし》をとって死《し》んでしまった。ジャスパーに会《あ》いたくてたまらない」

「でも、あなたには、いろんなうわさがあって……」

デイジーがいいかけると、嵐《あらし》の魔女《まじょ》は長《なが》いそでででぐいっとなみだをぬぐって、いいました。

「妖精《ようせい》は、自分《じぶん》が理解《りかい》できないものを、おそれるからね」

「人間《にんげん》もそうです。だから世界《せかい》がふくざつになるのよってママがいっています」とピュア。

「あんたのお母《かあ》さんは正《ただ》しいよ。それと、さっきあたしが妖精《ようせい》を魔《ま》法《ほう》で何《なに》かにかえるっていったことだけど……本気《ほんき》じゃなかった。かっとなって、いってしまっただけ。そう、あたしはひどいかんしゃくもちなんだよ。それに、お客《きゃく》がやってくるのは好《す》きじゃないから、おそろしい魔女《まじょ》だって思《おも》われてたほうがつごうがよくてね。妖精《ようせい》の女王《じょおう》は、あたしがここに来《き》てから何度《なんど》か、あんたらのような妖精《ようせい》をよこして、いつも何《なに》かしらもちかえっていく。ここに来《く》る妖精《ようせい》は、いつもあたしをただおびえた顔《かお》で見《み》るだけだ。その顔《かお》を見《み》ると……

あたしもおどかしてやりたくなるんだよ」

「でも、あなたには、いろんなうわさがあって……」

また、デイジーがいいかけると、嵐《あらし》の魔女《まじょ》が答《こた》えました。

「うわさがどんなものか、あたしはくわしくは知《し》らない」

嵐《あらし》の魔女《まじょ》は、フワフワをひざの上《うえ》におろしてなでました。フワフワはよろこんで、おなかを見《み》せたり、ころがったりしています。

「ただ、あんたらから今聞《いまき》いた話《はなし》からすると、あたしはそうとうひどいことをするっていわれてるらしいね。そんなのまっ赤《か》なうそさ」

ピュアははっとしていいました。

「ごめんなさい。わたしたち、うわさをかんたんにしんじちゃいけなかったんです。ほんとかどうかを、たしかめもしなかった」

「いいんだよ。あんたらはみんな、いいことをしようと思《おも》っているみたいだし。じゃあ、今《いま》からやりなおしだね。はじめまして」

そこでピュアも、みんなをしょうかいしました。

そのあと、嵐《あらし》の魔女《まじょ》がいいました。

「さてと。わるいんだが、そうはいっても、あたしのひどいうわさを広《ひろ》めてる妖精《ようせい》たちには、ほとほとうんざりしてるんだよ。沼《ぬま》モンスターを消《け》す魔法《まほう》の薬《くすり》のレシピをあんたらにやるつもりはない。妖《よう》精《せい》の女王《じょおう》は、あたしの手《て》をかりずに沼《ぬま》モンスターを消《け》すことだね」

ピュアと妖精《ようせい》たちは、しゅんとしました。嵐《あらし》の魔女《まじょ》の決心《けっしん》はかたそうで、だれもそれ以上《いじょう》たのめませんでした。ブルーベルでさえ口《くち》をはさめません。

「だけど、あんたら、のどがかわいて、おなかもすいたろう。おいしいシロニンジンとキャベツのお茶《ちゃ》と、あたたかいイラクサのシチューをごちそうするよ」

「オエッ！」

ブルーベルとサルビアが同時《どうじ》にさけびます。ピュアは、だめでしょ！　という目《め》でふたりをにらみました。

デイジーが、やんわりいいました。

「あの、お茶《ちゃ》とシチューの材料《ざいりょう》が、ぎゃくなんじゃないかと思《おも》います」

「だけど、イラクサのお茶《ちゃ》と、シロニンジンとキャベツのシチューでも、うちは好《す》きじゃない！」

ブルーベルが、ちっともフォローになっていないことをいいます。

「ほんとほんと、全部《ぜんぶ》まずそうだわ。ぎゃくでもぎゃくじゃなくても、ひどい！」とサルビア。

「なんだって？　なんと無礼《ぶれい》な！」

嵐《あらし》の魔女《まじょ》は、すっかり傷《きず》ついて怒《おこ》った顔《かお》をしています。

ピュアはあわてて、ていあんしました。

「魔女《まじょ》さんは休《やす》んで、フワフワとあそんでいてください。このふたりが食《た》べ物《もの》と飲《の》み物《もの》を作《つく》ります」

それから、ブルーベルとサルビアを台所《だいどころ》へと、おいたてはじめました。台所《だいどころ》は、ほらあなのずっとおくにあります。

「ちょっと！」とブルーベル。

「どういうこと!?」とサルビア。

「まって、どうして、うちらふたりなわけ？」

「あたしはだんろのそばにすわっていたいのに！」

「とにかくふたりとも行《い》って、わたしたちの助《たす》けになることをちゃんとやって」

ピュアはきっぱりそういうと、ふたりを部屋《へや》からおしだしました。

ふたりはなおもワーワーさわいでもどろうとしましたが、ピュアはなんとか天井《てんじょう》がひくいアーチ形《がた》になっているろうかにつれていくと、そこにおいておいた、妖精《ようせい》の食《た》べ物《もの》ののこりが入《はい》っているバスケットをブルーベルのうでにかかえさせて、ふたりを台所《だいどころ》にむかわせました。

それから、ピュアはデイジーとスノードロップのいるだんろのそばにもどって、いっしょにすわりました。

「わたしね、魔法《まほう》の薬《くすり》のレシピを手《て》に入《い》れること、まだあきらめてないの」

ピュアはふたりにこそっとささやきました。

嵐《あらし》の魔女《まじょ》はフワフワとあそぶのにむちゅうです。自分《じぶん》のそでについている長《なが》い毛糸《けいと》をフワフワの上《うえ》にたらして、じゃれつかせています。

「でもブルーベルとサルビアがいると、うまくいかないと思《おも》って」

スノードロップがうなずきます。

「そういうことだったんですね。ピュアはとても勇《ゆう》かんです。頭《あたま》もいいし、やさしい。それに、発想《はっそう》がゆたか。まるでわたしの作《つく》る物《もの》語《がたり》の主人公《しゅじんこう》みたいです」

ピュアは、ありがとうという気持《きも》ちをこめて、にっこりしました。

デイジーがヒソヒソいいました。

「魔法《まほう》の薬《くすり》のレシピを手《て》に入《い》れるために、嵐《あらし》の魔女《まじょ》をわたしたちの味方《みかた》にする方法《ほうほう》はないかな？　うまくいったら、嵐《あらし》の魔女《まじょ》はレシピを女王《じょおう》さまにあげたくなくても、わたしたちには、くれるかもしれないでしょ」

「うーん……」

ピュアは考《かんが》えてみました。三人《さんにん》で考《かんが》えて、考《かんが》えて、ついにスノードロップが口《くち》をひらきました。

「そうだ！　嵐《あらし》の魔女《まじょ》は、ここでひとりぼっちだといっていましたよね。だから、長《なが》いあいだ、おもしろいお話《はなし》を聞《き》いたことがないはずです……」

ピュアは、思《おも》わずぱっと笑顔《えがお》になりました。

「たしかにそうだよね！」とデイジー。

さっそく、ピュアは嵐《あらし》の魔女《まじょ》のほうをむくと、にこにこしながらいいました。

「ここにいるスノードロップは、とてもお話《はなし》がうまいんです。おいしいごちそうができるのをまつあいだ、きっとわたしたちを楽《たの》しませてくれますよ」

「おや、それはいいねえ」

嵐《あらし》の魔女《まじょ》は、ひじかけいすに深々《ふかぶか》とすわりなおしました。

「あたしは、おもしろいお話《はなし》が大好《だいす》きでねえ。だけど、とうぜんながら、ここにはお話《はなし》をしてくれる人《ひと》はいない。これはうれしいプレゼントだよ」

嵐《あらし》の魔女《まじょ》はスノードロップに、にこにこ笑《わら》いかけました。

スノードロップは、ピュアとデイジーにむかってにっこりしました。それからちょっと考《かんが》えこむと、話《はな》しはじめました。

「むかしむかし、ピンドロップという、勇《ゆう》かんな若《わか》い妖精《ようせい》がいました……」

スノードロップは自分《じぶん》でつくった物語《ものがたり》をかたりました。そのあとも、ひとつ、またひとつ、と話《はな》していきます。海賊《かいぞく》の物語《ものがたり》に、ぬすまれた宝《たから》の物語《ものがたり》、うしなわれた国《くに》の物語《ものがたり》に、おそろしい海《うみ》の生《い》き物《もの》の物語《ものがたり》。若《わか》い魔女《まじょ》とペットのネコのジャスパーの物語《ものがたり》までかたりました。

嵐《あらし》の魔女《まじょ》はお話《はなし》を心《こころ》から楽《たの》しみ、さいごに手《て》をたたきながら「ブラボー！　ブラボー！」と声《こえ》をあげました。

デイジーとピュアも、物語《ものがたり》にすっかりむちゅうになっていました。ときどき台所《だいどころ》から口《くち》げんかの声《こえ》が聞《き》こえてこなければ、なぜここにいるのかという目的《もくてき》を、すっかりわすれてしまいそうです。

「あんたらがここに来《き》てくれて、ほんとによかった。お客《きゃく》がいるのはいいねえ。お話《はなし》をしてもらうのも、最高《さいこう》だ！　嵐《あらし》の山《やま》でひとりぼっちでいるのはとてもさびしいものだよ」

スノードロップの顔《かお》もかがやいていました。嵐《あらし》の魔女《まじょ》がお話《はなし》を聞《き》くのを楽《たの》しんだのと同《おな》じくらい、自分《じぶん》もかたるのを楽《たの》しんでいたからです。

スノードロップはおずおずと、ていあんしました。

「あの、わたしたち、またお客《きゃく》として、ここにあそびにきます。それか、あなたがフェアリータウンに来《き》てくれたらいいかも……」

「いやいや、行《い》かないよ。うわさ話《ばなし》のたねにされる。だいたい、あたしのひどいうわさはごまんとあるんだから」

嵐《あらし》の魔女《まじょ》はいっしゅんかなしそうな顔《かお》をしましたが、またすぐに笑顔《えがお》になりました。

「だけどそうだね、あんたらが、またたずねてきたらいい。かんげいするよ。このかわいいネコのぼうやもつれてきておくれ」

嵐《あらし》の魔女《まじょ》はまた、フワフワのおなかをなでました。

ピュアはスノードロップに笑顔《えがお》をむけてウインクしました。スノードロップには、ピュアが何《なに》をいいたいのか、わかりました。

魔法《まほう》の薬《くすり》のレシピをもらうチャンスは、今《いま》!

スノードロップはこんどはおそろしい沼《ぬま》モンスターの話《はなし》をはじめました。モンスターが沼《ぬま》をいくつもつくることで、フェアリーランドを少《すこ》しずつこわしていく話《はなし》です。

嵐《あらし》の魔女《まじょ》は、またたくまに話《はなし》にひきこまれ、フェアリーランドがこれからむかえるおそろしい運命《うんめい》を思《おも》って、ぞっとして息《いき》ぐるしくなりました。

沼《ぬま》モンスターがすぐにも消《き》えなければ、フェアリーランドはおしまいです！

ピュアは小声《こごえ》でデイジーにいいました。

「うまくいってるね！」

「ほんとにね！　これならすぐに、レシピをもらえそう」

ピュアは思《おも》わずにっこりしました。スノードロップの物語《ものがたり》が、危《き》機《き》をすくおうとしているのです。ピュアはスノードロップにむかって、両手《りょうて》の親指《おやゆび》をぐっと立《た》てて見《み》せました。

お話《はなし》が終《お》わったら、またみんなで嵐《あらし》の魔女《まじょ》に、レシピをくれないか、たのんでみよう……。

ピュアは、すっかり体《からだ》があたたまり、リラックスしていて、とてもいい気分《きぶん》です。そろそろブルーベルとサルビアが、おいしい妖精《ようせい》の食《た》べ物《もの》と飲《の》み物《もの》をもってきてくれるでしょう。

ところが、つぎに起《お》こったのは、ピュアがまったく予想《よそう》していなかったことでした。

とつぜん、ブルーベルが嵐《あらし》の魔女《まじょ》のひじかけいすのうしろに、ぬっとあらわれたのです。

しかも、さかさまで！　テント用《よう》のロープで両足首《りょうあしくび》をしばって、上《うえ》からつるされています。むねのあたりには、ものをつかむ機械《きかい》をひもでくくりつけています。

またしても、ブルーベルのおかしな発明品《はつめいひん》です！　台所《だいどころ》にあった一本《いっぽん》のあわだて器《き》と、二《に》このフライパンと、一本《いっぽん》のフライ返《がえ》しででできています。

ブルーベルの足首《あしくび》をむすんでいるロープの反対《はんたい》はしは、本《ほん》だなのてっぺんでうつぶせになっているサルビアがもっていました。サルビアは、ものすごい集中力《しゅうちゅうりょく》で、そろそろとブルーベルを下《した》のかごにむかっておろしています。かごは、嵐《あらし》の魔女《まじょ》のひじかけいすの横《よこ》におかれていて、巻物《まきもの》がいくつも入《はい》っていました。

ピュアははっとしました。

巻物《まきもの》のひとつが、フェアリーパウダーの魔法《まほう》で、きらきらかがやいているではありませんか。

「あっ！」とピュアは思《おも》わず声《こえ》をあげてしまい、すぐに「ゴホゴホ！」と咳《せき》をしてごまかしました。

ブルーベルとサルビアは、さっきスノードロップが床《ゆか》においたフェアリーパウダーのこびんをもっていっていて、かごに入《はい》ったいくつもの巻物《まきもの》にフェアリーパウダーをふりかけたのでしょう。

おかげでレシピの書《か》いてある巻物《まきもの》が、反応《はんのう》してきらきらかがやいているのです。

そして今《いま》、ブルーベルとサルビアは、その巻物《まきもの》をとろうとしているのでした。

ピュアはぞっとしました。せっかくスノードロップが嵐《あらし》の魔女《まじょ》の心《こころ》をひらいたところだというのに、いたずらなふたりが、それをだいなしにしてしまいそうです。

もしも嵐《あらし》の魔女《まじょ》が、ふたりのしようとしていることに気《き》づいたら、それこそぜったいにレシピをわたしてくれなくなるでしょう。

なにしろ、今《いま》のふたりは、レシピをぬすもうとしているようにしか見《み》えないのですから。

ピュアはブルーベルにむかって「どこかに行《い》って」という意味《いみ》で、

両手《りょうて》をしっしっとふりました。それから、大《おお》きくのびをして、あくびをするふりをして、ごまかしました。

なのに、ブルーベルはほこらしげに、にっと笑顔《えがお》をむけると、両《りょう》手《て》の親指《おやゆび》をぐっとつきだしました。すっかりよろこんでいます。

どうしてわかってくれないの⁉

ピュアはさけびたくなりました。

いっぽう、本《ほん》だなの上《うえ》のサルビアは、いつのまにかみんなといっしょになって、沼《ぬま》モンスターの物語《ものがたり》に聞《き》きいっていました。おかげで自分《じぶん》がロープをもっていることをわすれてしまったのです。

物語《ものがたり》はどんどんもりあがっていきました。スノードロップがかたります。

「小《ちい》さな沼《ぬま》は、フェアリーランドのドラゴンたち、ネコたち、ユニコーンたちを、どんどんのみこんでいったのです」

サルビアはこわくて、はっと息《いき》をのみ、ロープをはなしてしまいました。

おかげでブルーベルは、フライパンやフライ返《がえ》しでできた発明品《はつめいひん》といっしょに、床石《ゆかいし》の上《うえ》へ。

ドッシーン、ガッシャーン！

「イタタタタッ！」

ピュアとデイジーとスノードロップは、ぞっとして目《め》を見《み》ひらきました。

嵐《あらし》の魔女《まじょ》が、ひじかけいすからがばっと立《た》ちあがり、くるりとふりかえります。

そこで嵐《あらし》の魔女《まじょ》が見《み》たのは……床《ゆか》にはブルーベル、本《ほん》だなの上《うえ》にはサルビアがいて、かごのなかの巻物《まきもの》がひとつ、魔法《まほう》のかがやきをはなっている、というようすでした。

つぎのしゅんかん、嵐《あらし》の魔女《まじょ》は、はげしく怒《おこ》りだしました。

ただ、怒《おこ》っている相手《あいて》は、ふたりのいたずらな妖精《ようせい》ではありません。

巻物《まきもの》をつかむと、スノードロップにむかって、つきだしました。

「あんた！　てっきり、あたしとほんとうに友《とも》だちになりたいんだと思《おも》ってた。またここにあそびにきたいんだとね。だけど、あんたがたくさんお話《はなし》をしたのは、あたしの気《き》をひいてレシピをぬすむためだったんだね！　なんてひどいだまし方《かた》だろう！　あんただけはちがうと思《おも》ってたのに。ほかの意地《いじ》のわるい妖精《ようせい》たちと同《おな》じだ！」

ピュアとデイジーはふるえあがりました。スノードロップは、おどろきのあまり、息《いき》もできません。それでも、すぐにいいました。

「いえ、ちがうんです！　ちかっていえます。わたしはそんなことぜったい――」

「だけど、そのふたりはあんたのフェアリーパウダーをつかっている。あんたがわたしたんだろう。だから、ふたりはこの意地《いじ》のわるい計画《けいかく》を実行《じっこう》できたのさ！」

嵐《あらし》の魔女《まじょ》はそういうと、こんどはピュアのほうにむきなおりました。

「それと、あんた！　あんたがふたりを台所《だいどころ》にやって、このからくりをつくらせたんだ」

嵐《あらし》の魔女《まじょ》は「このからくり」といったとき、ブルーベルのほうを手《て》でしめしました。

ブルーベルは重《おも》い発明品《はつめいひん》を体《からだ》にくくりつけていて、まだ立《た》ちあがれなくて、じたばたしています。

「ちがいます！　わたしはただ、妖精《ようせい》の食《た》べ物《もの》をふたりにつくってもらおうとして――」

ところが、ブルーベルが口《くち》をはさみました。

「そうなの？　てっきりピュアはうちらに巻物《まきもの》をとってきてほしがってるんだと思《おも》ってた。だっていったじゃない。『わたしたちの助《たす》けになることをちゃんとやって』って」

ピュアは泣《な》きそうになっていいました。

「そういう意味《いみ》じゃないの。ほんとに。そんなこと思《おも》ってなかった！」

嵐《あらし》の魔女《まじょ》がどなりました。

「レシピをやろうと思《おも》っていたけれど、もうやるもんか！　みんな、出《で》ていっておくれ。今《いま》すぐに！　こんりんざい、あたしはここで、友《とも》だちなんかつくらない！」

とつぜん、外《そと》で風《かぜ》がふきあれ、玄関《げんかん》ドアをガタガタゆらしはじめました。家《いえ》にいくつかある小《ちい》さな窓《まど》に、雨《あめ》がたたきつけます。

ピュアはびっくりしました。

こんなに急《きゅう》に嵐《あらし》がやってきて、あれくるうなんて、おかしくない？

そして、ピュアははっと気《き》づきました。

嵐《あらし》の魔女《まじょ》が、その名《な》でよばれているのは、嵐《あらし》が関係《かんけい》してるんだ！

「嵐《あらし》の魔女《まじょ》が怒《おこ》ると、魔法《まほう》の力《ちから》がはたらいて、外《そと》の嵐《あらし》がはげしくなるの！」

デイジーが嵐《あらし》にまけない大《おお》きな声《こえ》で教《おし》えてくれました。

ピュアは台所《だいどころ》にかけこむと、バスケットをつかんで、フワフワをなかに入《い》れました。

ここを出《で》なくちゃ。巻物《まきもの》があってもなくても、嵐《あらし》があってもなくても!

嵐《あらし》の魔女《まじょ》が巻物《まきもの》をぶんぶんふりまわしながら、どなりました。

「よくも、意地悪《いじわる》なずるい計画《けいかく》で、あたしをだましたね!」

嵐《あらし》はいっそうはげしくなり、玄関《げんかん》ドアがバタンとあきました。一《いっ》気《き》に風《かぜ》がふきこんで、いくつかの巻物《まきもの》や紙《かみ》がほらあなじゅうにちらばります。

きけんを感《かん》じたドラゴンエクスプレス号《ごう》が、ばっと立《た》ちあがり、とぶじゅんびに入《はい》りました。

デイジーは不安《ふあん》な顔《かお》で嵐《あらし》の魔女《まじょ》を見《み》て、玄関《げんかん》ドアを見《み》ました。

サルビアとスノードロップは、ふたりでドアによりかかって全力《ぜんりょく》でしめようとしましたが、風《かぜ》が強《つよ》くてどうしてもしまりません。

デイジーは、勇気《ゆうき》をふりしぼると、嵐《あらし》の魔女《まじょ》に巻物《まきもの》をわたしてもらおうとしました。

「あ、あの、わたし……巻物《まきもの》をぬすむつもりはないんです。ただ、このままじゃ、巻物《まきもの》がふきとばされてしまうから、それを――」

ところがそのとき、はげしい風《かぜ》がゴ――――ッという音《おと》とともにふきあれ、ほらあな全体《ぜんたい》をゆるがしました。

デイジーがおそれていた、最悪《さいあく》のことが、起《お》きてしまいました。沼《ぬま》モンスターを消《け》すためのきちょうな魔法《まほう》の薬《くすり》のレシピを書《か》いた巻物《まきもの》が、フェアリーランドをすくうかぎが、嵐《あらし》の魔女《まじょ》の手《て》から風《かぜ》にもぎとられてしまったのです。

そのとき、ピュアがおそれていた、最悪《さいあく》のことも起《お》きてしまいました。

　フワフワがバスケットからとびだして、巻物《まきもの》をおいかけていきました。そして巻物《まきもの》をつかまえたとき、ちょうどきょうれつな風《かぜ》がふいたのです。

「巻物《まきもの》をはなして！」

　ピュアは悲鳴《ひめい》のような声《こえ》でさけびました。けれども、勇《ゆう》かんな子《こ》ネコはきりっとした目《め》をして、巻物《まきもの》をはなそうとしません。

「フワフワー！　だめ――――！」

　ピュアが声《こえ》をあげます。

　ピュアの大切《たいせつ》なネコときちょうな魔法《まほう》の薬《くすり》のレシピの両方《りょうほう》が、暗《くら》い嵐《あらし》の空《そら》へとふきとばされていきました。

第6章

ピュアの運命《うんめい》

とっさに、ピュアはフワフワをおって、嵐《あらし》のなかへとびだしていました。いそいでドラゴンエクスプレス号《ごう》にとびのります。妖精《ようせい》たちは玄関《げんかん》ドアのところでかたまって、風《かぜ》のなかに立《た》ちつくしています。

「外《そと》に出《で》ないで！」とサルビア。

「きけんすぎるよ！」とブルーベル。

「帰《かえ》れなくなっちゃう！」

デイジーが泣《な》きそうな声《こえ》でいいます。

さいわい、ドラゴンエクスプレス号《ごう》は、ピュアがとにかく行《い》かねばならないことを、わかってくれたようでした。ドシンドシンと助走《じょそう》してつばさをはばたかせると、ぱっと空《そら》にとびたちます。そしてころがるように嵐《あらし》のなかに入《はい》っていきました。

じつはその直前《ちょくぜん》に、スノードロップが魔女《まじょ》の家《いえ》の玄関《げんかん》ドアからとびだして、ドラゴンエクスプレス号《ごう》のしっぽをつかんでいました。

玄関《げんかん》ドアのところでそれを見《み》ていたサルビア、ブルーベル、ディジーがおそろしさのあまり、悲鳴《ひめい》をあげます。

スノードロップは今《いま》にもしっぽから手《て》がはずれて、地面《じめん》にぱっくりあいたさけめに落《お》ち、そのまま深《ふか》い深《ふか》い底《そこ》へと消《き》えてしまいそうです。

「わたしの手《て》につかまって！」

ピュアは自分《じぶん》もすべりおちないようにしながらも、思《おも》いきり体《からだ》をかたむけて手《て》をのばしました。つぎのしゅんかん、ピュアはスノードロップを上《うえ》にひきあげていました。

ふたりは同《おな》じいすの上《うえ》で身《み》をよせて、おたがいをぎゅっとだきしめました。それからすぐに、となりどうしのいすにわかれました。

「スノードロップがこんなことするなんて、しんじられない！」

ピュアは大声《おおごえ》でそういうと、嵐《あらし》の空《そら》にフワフワがいないか、目《め》をこらしました。

スノードロップが息《いき》を切《き》らしながら、いいます。

「自分《じぶん》でもしんじられません！　自分《じぶん》でつくった物語《ものがたり》の勇《ゆう》かんな主人公《しゅじんこう》に、えいきょうを受《う》けたんです。あっ、気《き》をつけて！」

ふたりは首《くび》をひっこめて、とんできた木《き》のえだをすれすれでよけました。

ドラゴンエクスプレス号《ごう》は、あっちへこっちへと風《かぜ》にとばされつづけています。

やがて、ドラゴンエクスプレス号《ごう》はかんぜんにコントロールをうしなってしまいました。ピュアとスノードロップが悲鳴《ひめい》をあげるなか、ぐるぐるまわりながら、下《した》へ下《した》へと落《お》ちていきます。まるで石《いし》ころのようです。

それでも、ぎりぎりのところでぐいっともちなおし、風《かぜ》とひっしにたたかいながら、ちょうどいい高《たか》さまでのぼっていきました。

そのとき、ピュアは遠《とお》くに黄色《きいろ》いふわふわふわなものが、くるくるとんでいるのを見《み》つけました。

「フワフワ！　こっちだよ！　こっち！」

ドラゴンエクスプレス号《ごう》も、さいごの力《ちから》をふりしぼって、びしょぬれの子《こ》ネコにむかってとんでいきます。

だいぶ近《ちか》づいたとき、ピュアは目《め》を丸《まる》くしました。

「わあ、フワフワ、頭《あたま》いい！」

フワフワはなんとか前足《まえあし》で巻物《まきもの》をひらいて、それを帆《ほ》のようにして風《かぜ》にのっていたのです。

とはいえ、フワフワはすっかりあわてていました。

そうなのです、ちゃんととびつづけていたとはいえ、それはものすごいはやさでしたから。

おびえきった顔《かお》をしています。

ピュアは手《て》をのばしました。

もうすこし……あとちょっと……やった！

フワフワをつかんで、ドラゴンエクスプレス号《ごう》にひっぱりあげました。巻物《まきもの》もいっしょです。

「やりましたね！」とスノードロップ。

ところがそのとき、ドーーーン！

フワフワに気《き》をとられていたために、ドラゴンエクスプレス号《ごう》は、風《かぜ》で山《やま》の斜面《しゃめん》にたたきつけられてしまったのです。

「グオーーー！　グオーーー！」

ドラゴンエクスプレス号《ごう》が、ひどく痛《いた》がって悲鳴《ひめい》をあげています。

ドラゴンエクスプレス号《ごう》は下《した》へ下《した》へと落《お》ちはじめました。

ピュアはさけびました。

「つばさをけがしたんだ！　ものすごく痛《いた》そう。もうとべないみたい！」

「わたしたち、落《お》ちています！」

もうだめだ、とピュアは思《おも》いました。

レシピを、もちかえれないんだ。フェアリーランドは、もうおしまい。

ママとも会《あ》えなくなる……。

けれどもそのとき、ピュアは気《き》づきました。

心《こころ》のおくのおくに、あと少《すこ》し勇気《ゆうき》がのこっていたのです。

ここでまけるなんて、いや。

わたし……あと少《すこ》し、がんばれそう……！

ピュアは、ぐっとおなかに力《ちから》を入《い》れると、嵐《あらし》にまけない声《こえ》でいいました。

「スノードロップ、あなたの物語《ものがたり》の主人公《しゅじんこう》なら、こんなとき、どうする？」

そのとき、スノードロップはひっしにまわりを見《み》まわして、ドラゴンエクスプレス号《ごう》にまだつんでいるもので、つかえそうなものはないか、さがしているところでした。

あまりありません。ぼろぼろのテントがひとつと、ロープが二本《にほん》だけ。

「わたし……わかりません……」

「スノードロップ、考《かんが》えて！　あなたなら、できる！」

どんどん地面《じめん》がせまっています。

ふいに、スノードロップが声《こえ》をあげました。

「わかりました！」

それだけいうと、すぐに行動《こうどう》にうつります。ロープをつかんで、かたはしをピュアになげました。

「自分《じぶん》の席《せき》にまきつけて、むすんでください！」

ロープのもうかたはしをもっているスノードロップは、ものすごいはやさでテントの下《した》の四《よ》つ角《かど》にロープをつぎつぎに結《むす》んでいくと、さいごに自分《じぶん》の座席《ざせき》にまきつけてしばりました。

ますます地面《じめん》が近《ちか》づいてきたために、ドラゴンエクスプレス号《ごう》が恐怖《きょうふ》から、ほえ声《ごえ》をあげます。

ピュアの頭《あたま》にはもう、ママのことしかうかびません。

スノードロップが悲鳴《ひめい》をあげながら、テントから手《て》をはなします
……！

テントは宙《ちゅう》にとびだしたとたん、パラシュートのようにぱっとひらきました。

成功《せいこう》です！　ぎりぎりでまにあったのです。

ピュアはフワフワをぎゅっとだきしめました。いつのまにか止《と》めていた息《いき》を、すーっとすいこみます。

そのとき、スノードロップがさけびました。

「ドラゴンエクスプレス号《ごう》、火《ひ》をはいて！」

ドラゴンエクスプレス号《ごう》が首《くび》をねじって、自分《じぶん》の上《うえ》のテントにむかって火《ひ》をはきます。

すると、どうでしょう。

ドラゴンエクスプレス号《ごう》が、ふわりとうきあがったのです。

ピュアはしんじられない気持《きも》ちでいいました。

「これって、熱気球《ねつききゅう》みたい。スノードロップ、すごい！　ほんとに天才《てんさい》！　わたしたちをすくってくれてありがとう！」

スノードロップは、やっと安心《あんしん》して、ほうっと息《いき》をはきました。

それから、クスクス笑《わら》いだします。

ドラゴンエクスプレス号《ごう》が炎《ほのお》の息《いき》をはくたびに、ピュアたちは上《うえ》へ上《うえ》へとのぼっていきました。そのころには、嵐《あらし》はおさまりはじめていました。

そして数分後《すうふんご》、ドラゴンエクスプレス号《ごう》は、嵐《あらし》の魔女《まじょ》の岩《いわ》だなに、また着地《ちゃくち》したのです。

ゴウゴウうなっていた風《かぜ》も、はげしかった雨《あめ》も、おだやかになっています。

DRAGON EXPRESS

ドラゴンエクスプレス号《ごう》の背中《せなか》からピュアとスノードロップがとびおりたとたん、ほかの三人《さんにん》の妖精《ようせい》が、わっとかけよりました。嵐《あらし》の魔女《まじょ》でさえ、にこにこしています。ただ、その笑顔《えがお》は、ドラゴンのつばさのけがを見《み》て、ひっこみました。

ドラゴンエクスプレス号《ごう》は、さいごにぷーっとけむりをはきだすと、うなり声《ごえ》をあげて、ぐったりたおれこみました。いたそうな鳴《な》き声《ごえ》をもらしています。

嵐《あらし》の魔女《まじょ》はドラゴンエクスプレス号《ごう》に近《ちか》よって、つばさをしらべました。

「ドレッサーの三番目《さんばんめ》のひきだしからほうたいをもっておいで。あと、ぬり薬《ぐすり》をだんろの上《うえ》のたなからね。痛《いた》みにきく薬草《やくそう》もいるね。天井《てんじょう》のラックにつりさげたナツシロギクと、その下《した》の戸《と》だなに入《はい》ってるヤナギの樹皮《じゅひ》もだよ」

妖精《ようせい》たちとピュアは、ほらあなにかけこむと、嵐《あらし》の魔女《まじょ》にいわれたものをすべてもってもどりました。そのとき、ピュアはフワフワをぶじにバスケットのなかに入《い》れました。フワフワはずぶぬれでつかれきっていたので、されるがままでいました。

嵐《あらし》の魔女《まじょ》が指示《しじ》をだして、みんなで協力《きょうりょく》してドラゴンエクスプレス号《ごう》が気持《きも》ちよく休《やす》めるようにしてあげました。

まもなく、あたたかい毛布《もうふ》がかけられ、痛《いた》みにきくハーブティーをいっぱいのんで、つばさにぬり薬《ぐすり》をたっぷりぬられて、ほうたいをまかれたドラゴンエクスプレス号《ごう》は、うとうとねむりにつきました。

そして、気持《きも》ちよさそうにいびきをかきはじめたのを耳《みみ》にして、ピュアは口《くち》をひらきました。

「ドラゴンエクスプレス号《ごう》がけがをしているときに、自分《じぶん》のことを考《かんが》えてごめんなさい。でも、ここから動《うご》けないなら、わたしはどうやって帰《かえ》ったらいいの？　夕食《ゆうしょく》の時間《じかん》までに帰《かえ》らないと、ママはすごくしんぱいすると思《おも》う」

ピュアは不安《ふあん》のあまり、ここに来《き》たことをこうかいしはじめてしまいました。

けっきょく、来《き》てもむだにおわっちゃったし……。

だって、巻物《まきもの》は、かえさないといけないんだから。

ピュアは嵐《あらし》の魔女《まじょ》に、びしょぬれの巻物《まきもの》をさしだしました。

すると、嵐《あらし》の魔女《まじょ》が、やさしくいいました。

「しんぱいしなくていい。あのぬり薬《ぐすり》は強力《きょうりょく》な魔法《まほう》の薬《くすり》なのさ。ドラゴンエクスプレス号《ごう》はあっというまになおる。けがのショックからたちなおるのに、ちょっとねむらないといけないがね。それから、沼《ぬま》モンスターを消《け》す魔法《まほう》の薬《くすり》のレシピだけど……」

ピュアと四人《よにん》の妖精《ようせい》は、くいいるように嵐《あらし》の魔女《まじょ》を見《み》ました。

わたしたち、希望《きぼう》をもっていいの……？

「あんたらにやるよ」

嵐《あらし》の魔女《まじょ》はそういって、スノードロップにむきなおりました。

「あんたの勇気《ゆうき》を見《み》たからね。それと、ピュア、あんたの勇気《ゆうき》もだ。フワフワをおいかけて、嵐《あらし》のなかにとびこんだね。愛《あい》から生《う》まれた勇気《ゆうき》だ。あんたらふたりは、愛《あい》と勇気《ゆうき》をもってる。今《いま》はもう、あんたらをしんじられるよ。さっきはほんとうに、あたしをだまそうとしたわけじゃなかったんだね」

「わあ、よかったです！」とスノードロップ。

「ほんとにありがとうございます！」

ピュアは嵐《あらし》の魔女《まじょ》をぎゅっとだきしめました。

「うっ！」

おどろいた嵐《あらし》の魔女《まじょ》が、声《こえ》をつまらせます。そのあと、にっこりしていいました。

「沼《ぬま》モンスターを消《け》すためのものをあんたらにやるのが、正《ただ》しいことか、ちがうのか、あたしにはわからない。でも、あんたらをしんじるよ。あんたらなら、やさしさからくること——正《ただ》しいことをするはずだ。たとえそれが、かんたんなことじゃないとしても。かんたんなことなんて、めったにないさ」

そういうと、魔女《まじょ》はぬれている巻物《まきもの》をスノードロップにわたししたのです。

「ありがとうございます！」

スノードロップは、ひらいたままの巻物《まきもの》を、気《き》をつけてうけとりました。

「やくそくします、わたしたち、この巻物《まきもの》を正《ただ》しくつかいます」

「そうだろうとしんじてるよ」と嵐《あらし》の魔女《まじょ》。

ブルーベルも何《なに》かいおうとしましたが、デイジーがブルーベルの口《くち》に人差《ひとさ》し指《ゆび》をあてて、やめさせました。

このいちばんいたずらな妖精《ようせい》の場合《ばあい》、これ以上《いじょう》何《なに》もいわないでいてくれるのがいちばんの手助《てだす》けです。

そのとき、ドラゴンエクスプレス号《ごう》が、もぞもぞして鼻《はな》を鳴《な》らし、目覚《めざ》めました。つばさをぐんとのばしましたが、痛《いた》そうな鳴《な》き声《ごえ》はひとつもらしません。

それから立《た》ちあがると、うれしそうに体《からだ》をふるわせました。

「わあ、元気《げんき》になってる！　あなたってほんとにすごい魔女《まじょ》なんですね！」

ピュアが思《おも》わずいうと、嵐《あらし》の魔女《まじょ》が笑《わら》いました。

「まあ、がんばってみたよ」

そのあと、嵐《あらし》の魔女《まじょ》はスノードロップがもっている巻物《まきもの》の材料《ざいりょう》のリストに目《め》を通《とお》しました。

「ふむ。ざんねんだが、あたしが助《たす》けられるのは、ここまでのようだね。リストの材料《ざいりょう》はひとつももってないし、どこで見《み》つかるかもわからない。この薬《くすり》は作《つく》ったことがないんでね。このレシピはあたしのひいばあさんから受《う》けついだものなんだ。ここには、薬《くすり》を作《つく》る

のに、とくべつな大釜《おおがま》もひつようだって書《か》いてある。以前《いぜん》はもって
たんだが、なくしてしまってねえ。どこにあるかわからないんだよ。
というのも、いやなことをわすれるための薬《くすり》を作《つく》っていたんだけど、
薬《くすり》が少々《しょうしょう》ききすぎてしまったものだから。つぎの日《ひ》、ベッドで目覚《めざ》
めたら、どうやってここに帰《かえ》ってきたのかも、どこに行《い》っていたの
かも、わすれてしまっていた」
ブルーベルがにんまりしました。
「だとしたら、うちらで材料《ざいりょう》を集《あつ》めないといけないみたいだね」
サルビアもにっこりします。
「それに、なくした大釜《おおがま》も見《み》つけないと！」
ピュアはやれやれと首《くび》をふりました。
「ふたりとも、そんなにうれしそうにしないでくれる？」

そういったものの、ピュア自身《じしん》も、少《すこ》しわくわくする気持《きも》ちをおさえられませんでした。

フェアリーランドにいると、ほんと、冒険《ぼうけん》を味《あじ》わえるなあ。

すると、嵐《あらし》の魔女《まじょ》がピュアにいいました。

「あたしもできるかぎりのことをしたけれど、どうも、こう感《かん》じるんだよ。これはあんたらの旅《たび》なんじゃないかって。あんたとあんたの友《とも》だちの妖精《ようせい》たちのね」

ママのいってたことにちょっとにているな、とピュアは思《おも》い出《だ》しました。

ピュアはフェアリーランドをすくう運命《うんめい》をせおっているんじゃないかと、ママはいっていました。ピュアの安全《あんぜん》をねがいながらも、ピュアにはピュアの進《すす》む道《みち》があることを、ちゃんとわかってくれています。

ピュアは、あたりにただようふしぎな力《ちから》を感《かん》じていました。それは魔法《まほう》の薬《くすり》とも、呪文《じゅもん》とも、フェアリーパウダーとも関係《かんけい》ありません。ピュアのなかにながれている、命《いのち》の力《ちから》、そして心《こころ》の力《ちから》でした。

嵐《あらし》の山《やま》からの帰《かえ》り道《みち》は、行《い》きよりずっとしずかなものでした。

ピュアたちはみな、つかれはて、ほとんどずっとねむっていました。目《め》を覚《さ》ますのは、ごくたまに、ドラゴンエクスプレス号《ごう》がやむをえず急《きゅう》にまがったり、急降下《きゅうこうか》したり、宙返《ちゅうがえ》りしたりしたときです。席《せき》にしがみつかなければなりません。

数時間後《すうじかんご》、イギリスでは「フェアリータイム」ともよばれる夕暮《ゆうぐ》れどき、ついにみんなはフェアリータウンにたどりつきました。

ドラゴンエクスプレス号《ごう》が着地《ちゃくち》したとたん、ピュアたちは目《め》をさましました。なにしろ、はくしゅとせいえんが、集《あつ》まってきたみんなからおくられたからです。

「みんな」といっても、ぶすっとしたカエルの妖精《ようせい》、エゼルダはべつでしたけれど。

ピュアがバスケットの金具《かなぐ》をはずしたとたん、フワフワがなかからとびだして、ピュアのうでにぴょんととびこみました。ピュアの首《くび》に顔《かお》をすりすりさせて……何《なに》かいいたいことがありそうです。

「どうしたの？」

ピュアがきいたとき、はだに何《なに》かがあたりました。フワフワをだきあげて、首輪《くびわ》をまじまじと見《み》ます。そこで、はっとしました。首《くび》輪《わ》に小型《こがた》のビデオカメラがついていたのです。

ピュアは頭《あたま》にきて、それをはずすと、ブルーベルたちに見《み》せました。

「これ、見《み》て！　ティファニーがどうにかして、フワフワにとりつけたんだと思《おも》う。フワフワがうちの生《い》け垣《がき》の下《した》から出《で》てきたときかも。ここでカメラを見《み》つけられてほんと、よかった。でなかったら、わたしたちの冒険《ぼうけん》のすべての録画《ろくが》を、ティファニーが手《て》に入《い》れることになってたよね」

ピュアは想像《そうぞう》してぞっとしました。妖精《ようせい》がいるという証拠《しょうこ》を、ティファニーにわたしてしまうところだったのです。ティファニーが自《じ》分《ぶん》のお父《とう》さんや、意地《いじ》のわるい、お金《かね》をほしがる（妖精《ようせい》もほしがる）人《ひと》たちに見《み》せる証拠《しょうこ》を手《て》に入《い》れてしまったら、どんなにきけんだったでしょう。

ブルーベルがいいました。

「スノードロップ、フェアリーパウダーをかりてもいい？　今回《こんかい》は、ちゃんとことわってるでしょ。さっきはかってにもっていってごめんね。嵐《あらし》の魔女《まじょ》のだんろのそばに、スノードロップがおいたままにしていたから」

「もう、かってにつかわないでくださいね」

スノードロップはきびしくいいましたが、こびんはわたしてくれました。

ブルーベルはフェアリーパウダーにむかって、いっしゅん、ぐっと集中《しゅうちゅう》すると、ぱらりとひとつまみ、ビデオカメラにふりかけました。それから満足《まんぞく》そうにいいました。

「これでよし、と。ティファニーがこのビデオカメラの録画《ろくが》を見《み》ると、めちゃくちゃたいくつな映像《えいぞう》がうつるの。午後《ごご》じゅうずっと、ピュアが木《き》の下《した》にすわって本《ほん》を読《よ》んでるだけのね！」

これには、ピュアたちは笑《わら》いだしてしまいました。

「ブルーベル、やるわね！」

サルビアが声《こえ》をあげて、ふたりでハイタッチします。

ふたりともほんと、ハイタッチにあきないよね、とピュアは思《おも》いました。

「ふう。でもやっぱり、あぶなかったね。これからも、ティファニーにはみんなで気《き》をつけないと。わたしたちをつかまえようと、むきになってるんだから」

デイジーの言葉《ことば》を聞《き》いて、エゼルダがたずねました。

「ティファニーってだれ？　ブルーベル、あんたを好《す》きじゃないっていう子《こ》なら、ものすごくまともそうね」

するとデイジーがあわてていいました。

「だれでもない」

そのとき、人《ひと》ごみがしんと静《しず》まりかえり、さっとふたつに分《わ》かれました。そのあいだを歩《ある》いてきたのは……妖精《ようせい》の女王《じょおう》さまです。うしろを、鼻《はな》をフンフンいわせながら、警備犬《けいびけん》のパグたちがつづきます。

ピュアと妖精《ようせい》たちは深々《ふかぶか》とおじぎしました。

ブルーベルがわくわくしながら、いいました。

「女王《じょおう》さま、うちら、魔法《まほう》の薬《くすり》のレシピをもちかえりました。スノードロップの物語《ものがたり》が、危機《きき》をすくったんです。それにスノードロップの勇気《ゆうき》と、パラシュートを作《つく》るすごいアイデアもです！」

スノードロップが、ブルーベルににっこり笑《わら》いかけました。

「あの、ありがとう！」

「みんなよくがんばってくれましたね。とくに、スノードロップは」

そこで女王《じょおう》さまが手《て》で合図《あいず》したので、まわりの人《ひと》たちが、はくしゅとせいえんをおくりました。

はずかしがりやのスノード

ロップは、女王《じょおう》さまのことばに、ほこらしさではちきれそうな顔《かお》をして、いいました。

「わたしには、がんばれる力《ちから》が少《すこ》しあったみたいです！」

女王《じょおう》さまは、ピュアにも言葉《ことば》をかけました。

「できるだけ早《はや》く、わたくしたちのもとにもどってきてください。やってほしいことがたくさんあります。なくなった大釜《おおがま》と、魔法《まほう》の薬《くすり》のとくべつな材料《ざいりょう》を見《み》つけてもらわないと。そして、沼《ぬま》モンスターを消《け》してもらいます――フェアリーランドがめちゃくちゃになる前《まえ》に！　とはいえ、今《いま》はいそいで帰《かえ》りなさい。ブルーベル、たしかに、夕食《ゆうしょく》の時間《じかん》にまにあってもどれるように、ぬい目《め》をひとつ、もどすのですよ」

「はい、女王《じょおう》さま」とブルーベル。

みんなは大急《おおいそ》ぎでフェアリーパウダーの泉《いずみ》へ行《い》くと、〈きらめく魔法《まほう》の風《かぜ》〉にのりました。

うずまく風《かぜ》のなか、ぶつかったりころがったりしながらも、ついに人間《にんげん》の世界《せかい》にとうちゃくです！　そこは妖精《ようせい》ハウスとオークの木《き》のまん前《まえ》。

ピュアは妖精《ようせい》ハウスにかけこむと、戸《と》だなに自分《じぶん》の羽《はね》をしまって、フワフワをだいたまま、もとの大《おお》きさにもどりました。フェアリーパウダーをひとつまみふりかけると、フワフワの背中《せなか》の羽《はね》がぱっと消《き》えました。

みんなはすぐに野原《のはら》をかけだしました。そのとき、ブルーベルが時計《とけい》と魔法《まほう》の針《はり》をとりだして、大《おお》いそぎで、はずしていたぬい目《め》をひとつ、またぬいつけました。

ピュアは家《いえ》の勝手口《かってぐち》からころがるようにしてなかに入《はい》りました。

フワフワをだいていて、横《よこ》には妖精《ようせい》たちがとんでいます。

ママはちょうどニンジンを皿《さら》によそっているところでした。

「ピュア！」

ママがかけよって、ピュアをぎゅっとだきしめます。

「夕食《ゆうしょく》にぎりぎりまにあったわね！　しんぱいいらないとはわかっていたんだけど。さあ、手《て》をあらって。フェアリーランドでの冒険《ぼうけん》のこと、ぜんぶ話《はな》してもらいますからね！」

ピュアはいわれたとおり、手《て》をあらうと、テーブルの席《せき》につきました。ママにあれこれ話《はな》したくて、うずうずしています。

妖精《ようせい》たちも、テーブルにつきました。といっても、いすではなく、しおとコショウ入《い》れによりかかっているのですけれど。

まずは食事《しょくじ》です。ママとピュアは、ベイクドポテトに、チーズとブロッコリーとニンジンをたっぷり食《た》べました。

妖精《ようせい》たちはブラックベリーと、リンゴを小《ちい》さく切《き》ったものを、かじっています。

フワフワはママのひざの上《うえ》で丸《まる》くなって、うれしそうにのどを鳴《な》らしていました。ピュアと同《おな》じように、帰《かえ》ってこられたのがうれしいのです。

いよいよママがたずねました。

「それで、どうだった？　魔法《まほう》の薬《くすり》は手《て》に入《はい》った？　嵐《あらし》の魔女《まじょ》は、うわさどおりこわかった？　ドラゴンエクスプレス号《ごう》は、すごかった？　もちろんすごかったでしょうねえ！」

ピュアはクスクス笑《わら》いました。

「ママはいってたよね？　物語《ものがたり》にはとてつもない力《ちから》があるんだって。ほんとに強力《きょうりょく》だった！　物語《ものがたり》は勇気《ゆうき》をくれるし、知恵《ちえ》もくれるし、すごいアイデアを教《おし》えてくれる……」

スノードロップが話《はなし》をつけたします。

「たとえば、自分《じぶん》が物語《ものがたり》の主人公《しゅじんこう》だって想像《そうぞう》したら、空《そら》とぶドラゴンにテントをむすびつけて、熱気球《ねっききゅう》をつくるアイデアを思《おも》いついたりするんです！」

ママが目《め》を丸《まる》くしました。

「なんですって!?　しんじられないわねえ。さいしょからこまかく話《はな》してもらわないと。ひとつもぬかしたらだめよ」

ピュアたちのほうこそ、ママに何《なに》から何《なに》まで話《はな》したくてたまりません。

嵐《あらし》の山《やま》までのおどろきの旅《たび》。

ついてからのさまざまな冒険《ぼうけん》。

五人《ごにん》はわくわくしながら、かわるがわる語《かた》りはじめました。


ママがむちゅうになって話《はなし》を聞《き》いているのを見《み》て、ピュアはにこにこしながら思《おも》いました。

今《いま》でははっきりわかる。

フェアリーランドをすくうのは、わたしの運命《うんめい》。

だって、フェアリーランドは、大好《だいす》きな友《とも》だちとわたしのものでもあるんだから。

ピュアたち五人《ごにん》は、これからなくした大釜《おおがま》を見《み》つけて、魔法《まほう》の薬《くすり》の材料《ざいりょう》を集《あつ》めたら、沼《ぬま》モンスターを消《け》さなければなりません。

ピュアは心《こころ》のなかでつぶやきました。

つぎのふしぎな冒険《ぼうけん》はどんなかかな。

ああ、フェアリーランドにもどるのがまちきれない！

The End

ひみつのダイアリー

○月×日

はあ…、まだドキドキしています。
ほんとうに、信《しん》じられない。勇《ゆう》かんじゃ
ないと思《おも》っていたわたしに、こんなことができたなんて！
わたしが考《かんが》えた物語《ものがたり》が勇気《ゆうき》をくれて
わたしを…そしてみんなを、助《たす》けてくれたんですね。
物語《ものがたり》って、ほんとうにすごい！
嵐《あらし》の魔《ま》女《じょ》さんとは、なんだか
もっとなかよくなれそうな気《き》がします。
また、物語《ものがたり》を聞《き》いてほしいな。

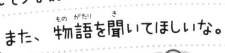

妖《よう》精《せい》ファンルーム

フェアリーランドのなかまたち♪

フェアリーランドには、ブルーベルたちのような四季《しき》の妖精《ようせい》のほかにも、すてきな妖精《ようせい》がいっぱい！　今回《こんかい》はピュアがフェアリーランドで知《し》り合《あ》った妖精《ようせい》たちを紹介《しょうかい》するね☆
男《おとこ》の子《こ》たちはツリーハウスでくらしていて、エゼルダは湖《みずうみ》のスイレンの葉《は》にひとりで住《す》んでいるよ。

作 ☆ ケリー・マケイン （Kelly McKain）

イギリスのロンドン在住。大学卒業後コピーライターとしてはたらいたのち教師となる。生徒に本を読みきかせるうち、自分でも物語を書いてみようと思いたち、作家になった。邦訳作品に「ファッションガールズ」シリーズ、「ひみつの妖精ハウス」シリーズ（ポプラ社）がある。

訳 ☆ 田中亜希子 （たなか あきこ）

千葉県生まれ。銀行勤務ののち翻訳者になる。訳書に『コッケモーモー！』（徳間書店）、「プリンセス☆マジック」シリーズ、「ひみつの妖精ハウス」シリーズ、「おちゃめなふたご」シリーズ（ポプラ社）、「ネコ魔女見習い ミルク」シリーズ（小学館）など多数。

絵 ☆ まめゆか

東京都在住。東京家政大学短期大学部服飾美術科卒業。児童書の挿し絵を手掛けるイラストレーター。挿画作品に『プリンセス ララ＆サラの100まいのドレス　おはなのせかいへようこそ』（学研プラス）、「ひみつの妖精ハウス」シリーズ（ポプラ社）などがある。

ひみつの妖精ランド②

ひみつの妖精ランド
妖精《ようせい》のキャンプと魔女《まじょ》のレシピ

2025年2月　第1刷

作　ケリー・マケイン
訳　田中亜希子
絵　まめゆか

発行者 加藤裕樹
編　集 林 利紗・門田奈穂子
発行所 株式会社ポプラ社
〒141-8210　東京都品川区西五反田3-5-8　12F
ホームページ　www.poplar.co.jp
校　正 株式会社鷗来堂
印刷・製本 中央精版印刷株式会社
ブックデザイン 岩田りか

ISBN978-4-591-18333-5　N.D.C.933 /191P/20cm

P4178002